W9-BNM-877

ro
ro
ro

Zu diesem Buch

«Handelt es sich um eine Satire? Für die Komik des Unabänderlichen, die Groteske der Statistik hat Elfriede Jelinek einen sechsten Sinn. Sie scheint kälter als Kroetz und folgerichtiger als alle ihre österreichischen Landsleute. Als Sozialreport werden die Sozialwissenschaftler ihr Buch kaum werten, aber sie sollten es. Denn der Sarkasmus, sich ohne moralischen Abstand auf die manipulierte, vorgeprägte, in keinem Augenblick natürliche Innenwelt von Fabrikarbeiterinnen einzulassen, die in einer ländlichen Gemeinde und bei ihren tyrannisch traditionsverformten Eltern leben, dieser Sarkasmus macht die Geschichte erst zum authentischen Dokumentarbericht. Indem Naivität vorgetäuscht wird, bringt die Berichterstatterin ihre ja bestimmt nicht naiven Leser ununterbrochen zu Einsichten und Übersichten.» (Hedwig Rohde in «Der Tagesspiegel»)

«Elfriede Jelinek stellt mit böser Ironie und einer grotesken, stakkatohaften Sprache ihre erbarmungswürdigen Figuren nicht dar, sondern bewertet sie aus einer kalten Distanz, als spiele sie mit ihnen eine Art ‹Monopoly›. Ihre Optik erinnert zuweilen an die Totalen der frühen Slapstick-Filme, in denen die Menschen wie leblose Dinge durchgemöbelt werden. Mit diesem Stil gelingt es ihr, die gesellschaftlichen Rituale durchschaubar zu machen und das Bewußtsein von der sozialen Wirklichkeit zu schärfen. Den Vorwurf linker Kritiker, es handle sich hier um zynischen Sozial-Voyeurismus, finde ich deshalb in keiner Weise gerechtfertigt.» (Wolfram Knorr in «Die Weltwoche»)

Elfriede Jelinek, am 20. Oktober 1946 in Mürzzuschlag / Steiermark geboren und in Wien aufgewachsen, studierte Theaterwissenschaft, Kunstgeschichte und Musik. Lyrik und Prosatexte erschienen in Anthologien und Literaturzeitschriften vor ihrer ersten Buchveröffentlichung «wir sind lockvögel baby!» (rororo Nr. 12341). 1986 erhielt Elfriede Jelinek den Heinrich-Böll-Preis der Stadt Köln, 1987 den Literaturpreis des Landes Steiermark, 1996 den Bremer Literaturpreis, 1998 den Georg-Büchner-Preis, und 2004 den Nobelpreis Literatur.

Elfriede Jelinek
Die Liebhaberinnen

Roman

Rowohlt

31. Auflage März 2010

Veröffentlicht im Rowohlt Taschenbuch Verlag,
Reinbek bei Hamburg, August 1975

Neuausgabe des 1975 in der Reihe
«das neue buch» erschienenen Titels
Umschlaggestaltung Barbara Hanke
Satz Garamond (Linotron 202)
Gesamtherstellung CPI – Clausen & Bosse, Leck
Printed in Germany
ISBN 978 3 499 12467 9

vorwort:

kennen Sie dieses SCHÖNE land mit seinen tälern und hügeln?
es wird in der ferne von schönen bergen begrenzt. es hat einen horizont, was nicht viele länder haben.
kennen Sie die wiesen, äcker und felder dieses landes? kennen Sie seine friedlichen häuser und die friedlichen menschen darinnen?
mitten in dieses schöne land hinein haben gute menschen eine fabrik gebaut. geduckt bildet ihr alu-welldach einen schönen kontrast zu den laub- und nadelwäldern ringsum. die fabrik duckt sich in die landschaft.
obwohl sie keinen grund hat, sich zu ducken.
sie könnte ganz aufrecht stehen.
wie gut, daß sie hier steht, wo es schön ist und nicht anderswo, wo es unschön ist.
die fabrik sieht aus, als ob sie ein teil dieser schönen landschaft wäre.
sie sieht aus, als ob sie hier gewachsen wäre, aber nein! wenn man sie näher anschaut, sieht man es: gute menschen haben sie errichtet. von nichts wird schließlich nichts.
und gute menschen gehen in ihr ein und aus. anschließend ergießen sie sich in die landschaft, als ob diese ihnen gehören würde.
die fabrik und das darunterliegende grundstück gehören dem besitzer, der ein konzern ist.
die fabrik freut sich trotzdem, wenn frohe menschen sich in sie ergießen, weil solche mehr leisten als unfrohe.
die frauen, die hier arbeiten, gehören nicht dem fabrikbesitzer.
die frauen, die hier arbeiten, gehören ganz ihren familien.
nur das gebäude gehört dem konzern. so sind alle zufrieden.
die vielen fenster blitzen und blinken wie die vielen fahrräder und kleinautos draußen. die fenster sind von frauen geputzt worden, die autos meistens von männern.
alle leute, die zu diesem ort gekommen sind, sind frauen.
sie nähen. sie nähen mieder, büstenhalter, manchmal auch korsetts und höschen.

oft heiraten diese frauen oder sie gehen sonstwie zugrunde. solange sie aber nähen, nähen sie. oft schweift ihr blick hinaus zu einem vogel, einer biene oder einem grashalm.
sie können manchmal die natur draußen besser genießen und verstehen als ein mann.
eine maschine macht immer eine naht. es wird ihr nicht langweilig dabei. sie erfüllt dort ihre pflicht, wohin sie gestellt ist.
jede maschine wird von einer angelernten näherin bedient. es wird der näherin nicht langweilig dabei. auch sie erfüllt eine pflicht.
sie darf dabei sitzen. sie hat viel verantwortung, aber keinen überblick und keinen weitblick. aber meistens einen haushalt.
manchmal am abend fahren die fahrräder ihre besitzerinnen nach hause.
heim. die heime stehen in derselben schönen landschaft.
hier gedeiht zufriedenheit, das sieht man.
wen die landschaft nicht zufrieden machen kann, den machen die kinder und der mann vollauf zufrieden.
wen die landschaft, die kinder und der mann nicht zufrieden machen kann, den macht die arbeit vollauf zufrieden.
doch unsre geschichte beginnt ganz woanders: in der großstadt.
dort steht eine zweigstelle der fabrik, oder besser, dort steht die hauptstelle der fabrik und jene stelle im voralpengebiet ist die zweigstelle.
auch hier nähen frauen, was ihnen liegt.
sie nähen nicht, was ihnen liegt, sondern das nähen an sich liegt den frauen schon im blut.
sie müssen dieses blut nur noch aus sich herauslassen.
hier handelt es sich um eine ruhige weibliche arbeit.
viele frauen nähen aus halbem herzen, die andre herzenshälfte nimmt ihre familie ein. manche frauen nähen aus ganzem herzen, das sind nicht die allerbesten, die das tun.
in der städtischen insel der ruhe beginnt unsre geschichte, die bald wieder zu ende ist.
wenn einer ein schicksal erlebt, dann nicht hier.
wenn einer ein schicksal hat, dann ist es ein mann. wenn einer ein schicksal bekommt, dann ist es eine frau.

leider geht hier das leben an einem vorbei, nur die arbeit bleibt da. manchmal versucht eine der frauen, sich dem vorbeigehenden leben anzuschließen und ein wenig zu plaudern.
leider fährt dann das leben oft mit dem auto davon, zu schnell fürs fahrrad. auf wiedersehn!

anfang:

eines tages beschloß brigitte, daß sie nur mehr frau sein wollte, ganz frau für einen typ, der heinz heißt.
sie glaubt, daß von nun an ihre schwächen liebenswert und ihre stärken sehr verborgen sein würden.
heinz findet aber nichts liebenswertes an brigitte, auch ihre schwächen findet er nur ekelhaft.
brigitte pflegt sich jetzt auch für heinz, denn wenn man eine frau ist, dann kann man von diesem weg nicht mehr zurück, dann muß man sich auch pflegen. brigitte möchte, daß die zukunft es ihr einmal durch ein jüngeraussehen danken wird. vielleicht hat brigitte aber gar keine zukunft. die zukunft hängt ganz von heinz ab.
wenn man jung ist, dann sieht man immer jung aus, wenn man älter ist, dann ist es sowieso zu spät. wenn man dann nicht jünger aussieht, dann heißt das erbarmungslose urteil für die umwelt: kosmetisch in der jugend nicht vorgesorgt!
also hat brigitte etwas getan, das in der zukunft wichtig sein wird.
wenn man keine gegenwart hat, muß man für die zukunft vorsorgen.
brigitte näht büstenhalter. wenn man eine kurze naht macht, muß man viele davon machen, vierzig sind jedenfalls das absolute minimum in der akkordvorgabe. wenn man eine kompliziertere längere naht macht, muß man entsprechend weniger machen. das ist sehr human und gerecht.
brigitte könnte viele arbeiter bekommen, sie will aber den einzigen heinz bekommen, der ein geschäftsmann werden wird.
das material ist nylonspitze mit einer dünnen portion schaumgummi unterlegt. ihre fabrik hat viele marktanteile, die im ausland sind, und viele näherinnen, die aus dem ausland kommen. viele näherinnen scheiden aus durch heirat, kindesgeburt oder tod.
brigitte hofft, daß sie einmal durch heirat und kindesgeburt ausscheiden wird. brigitte hofft, daß heinz sie hier herausholen wird.
alles andre wäre ihr tod, auch wenn sie am leben bleibt.

vorläufig hat b. noch nichts als ihren namen, im lauf der geschichte wird brigitte den namen von heinz bekommen, das ist wichtiger als geld und besitz, das kann geld und besitz herbeischaffen.
das richtige leben, das sich äußern darf, wenn es gefragt wird, das richtige leben ist das leben nach der arbeit. für brigitte ist leben und arbeit wie tag und nacht. hier wird also mehr von der freizeit die rede sein.
heinz heißt in diesem speziellen fall das leben. das richtige leben heißt nicht nur heinz, es ist es auch.
außer heinz gibt es nichts. etwas, das besser ist als heinz, ist für brigitte absolut unerreichbar, etwas, das schlechter ist als heinz, will brigitte nicht haben. brigitte wehrt sich verzweifelt mit händen und füßen gegen den abstieg, der abstieg, das ist der verlust von heinz.
brigitte weiß aber auch, daß es keinen aufstieg für sie gibt, es gibt nur heinz oder etwas schlechteres als heinz oder büstenhalternähen bis ans lebensende. büstenhalternähen ohne heinz bedeutet jetzt schon lebensende.
es ist absolut dem zufall überlassen, ob brigitte lebt, mit heinz, oder dem leben entkommt und verkommt.
es gibt keine gesetzmäßigkeiten dafür. das schicksal entscheidet über das schicksal von brigitte. nicht was sie macht und ist, zählt, sondern heinz und was er macht und ist, das zählt.
brigitte und heinz haben keine geschichte. brigitte und heinz haben nur eine arbeit. heinz soll die geschichte von brigitte werden, er soll ihr ein eigenes leben machen, dann soll er ihr ein kind machen, dessen zukunft wiederum von heinz und seinem beruf geprägt sein wird.
die geschichte von b. und h. ist nicht etwas, das wird, sie ist etwas, das plötzlich da ist (blitz) und liebe heißt.
die liebe kommt von der seite von brigitte. sie muß heinz davon überzeugen, daß die liebe auch von seiner seite her kommt. er muß erkennen lernen, daß es für ihn ebenfalls keine zukunft ohne brigitte geben kann. es gibt natürlich für heinz schon eine zukunft, und zwar als elektroinstallateur. das kann er haben, auch ohne brigitte. elektrische leitungen kann man legen, ohne daß b. überhaupt vorhanden ist. ja sogar

leben! und bowling oder kegeln gehen kann man ohne brigitte.
brigitte hat jedoch eine aufgabe.
sie muß heinz ständig klar machen, daß es ohne sie keine zukunft für ihn gibt, das ist eine schwere anstrengung. außerdem muß nachdrücklich verhindert werden, daß heinz vielleicht seine zukunft in jemand andrem sehen könnte. davon später.
das ist eine anstrengende, aber erfolgversprechende situation.
heinz will und wird einmal ein eigener kleiner unternehmer mit einem eigenen kleinen unternehmerbetrieb sein, bzw. werden. heinz wird einmal anschaffen, brigitte bekommt angeschafft. brigitte läßt sich lieber von ihrem eigenen mann in seinem eigenen geschäft, das auch ein wenig ihr eigenes geschäft sein wird, anschaffen.
wenn heinz nur nicht eines tages eine höhere schülerin wie zum beispiel susi kennenlernen wird! wenn heinz nur nicht, um gotteswillen, eines tages glaubt, daß jemand, der besser ist als es brigitte je sein wird, daß so jemand auch für ihn selbst besser ist.
wenn heinz das bessere findet, soll er es wieder auslassen. am besten, er lernt es gar nicht erst kennen, das ist auch sicherer.
wenn brigitte an ihrer nähmaschine sitzt und stretchsticht, schaumgummi und steife spitze unter den fingern fühlt, den modefarbenen neuen hexlein-bh, dann hat sie alpträume wegen jemand, den es noch gar nicht gibt, der aber heinz trotzdem in gestalt von etwas besseren über den weg laufen könnte.
nicht einmal bei der arbeit hat brigitte ihre ruhe.
sogar bei der arbeit muß sie arbeiten.
sie soll bei der arbeit nicht denken, etwas in ihr denkt jedoch ununterbrochen.
brigitte kann aus ihrem eigenen leben nichts besseres machen.
das bessere soll vom leben von heinz herkommen. heinz kann brigitte von ihrer nähmaschine befreien, das kann brigitte von selbst nicht.
aber sie hat keine sicherheit dafür, weil das glück ein zufall

und nicht ein gesetz oder die logische folge von handlungen ist.
brigitte will ihre zukunft gemacht bekommen. sie kann sie nicht selber herstellen.
die geschichte, wie die beiden einander kennengelernt haben, ist unwichtig. die beiden selber sind unwichtig. sie sind geradezu symptomatisch für alles, was unwichtig ist.
oft begegnen einander auch studenten und studentinnen, was beinahe identisch ist, bis auf das geschlecht. oft kann man über solche begegnungen aufregende geschichten erzählen.
solche leute haben manchmal sogar eine lange vorgeschichte.
obwohl brigittes vorgeschichte denkbar ungünstig für eine künftige vermögensbildung ist, hat sie dennoch heinz kennengelernt, in dessen händen sich einmal vermögen bilden wird.
brigitte ist die uneheliche tochter einer mutter, die dasselbe näht wie brigitte, nämlich büstenhalter und mieder.
heinz ist der eheliche sohn eines fernfahrers und seiner frau, die zuhausebleiben durfte.
trotz dieses klaffenden unterschiedes haben einander b. und h. kennengelernt.
in diesem speziellen fall bedeutet ein kennenlernen ein entkommenwollen, bzw. ein nichtauskommenlassen und festhalten.
heinz hat etwas gelernt, das ihm einmal die ganze welt öffnen wird, nämlich elektroinstallateur.
brigitte hat niemals irgend etwas gelernt.
heinz ist etwas, brigitte ist nichts, was nicht andre ohne mühe genauso sein könnten. heinz ist unverwechselbar, und man hat heinz auch oftmals nötig, z. b. bei einem leitungsschaden oder wenn man etwas liebe braucht. brigitte ist austauschbar und unnötig. heinz hat eine zukunft, brigitte hat nicht einmal eine gegenwart.
heinz ist alles für brigitte, die arbeit ist nichts als eine lästige qual für brigitte. ein mensch, der einen liebt, ist alles. ein mensch, der einen liebt und noch dazu jemand ist, das ist das optimum, das brigitte erreichen kann. die arbeit ist nichts, weil brigitte sie schon hat, die liebe ist mehr, weil man sie erst suchen muß.
brigitte hat bereits gefunden: heinz.

heinz fragt sich oft, was brigitte denn vorzuzeigen hat.
heinz spielt oft mit dem gedanken, jemand andren zu nehmen, der etwas zu bieten hat, wie etwa bargeld oder die räumlichkeiten für ein geeignetes geschäftslokal.
brigitte hat einen körper zu bieten.
außer brigittes körper werden zur gleichen zeit noch viele andre körper auf den markt geworfen. das einzige, was brigitte auf diesem weg positiv zur seite steht, ist die kosmetische industrie. und die textilindustrie. brigitte hat brüste, schenkel, beine, hüften und eine möse.
das haben andre auch, manchmal sogar von besserer qualität.
brigitte hat eine jugend, die sie auch mit andren teilen muß, etwa mit der fabrik und dem lärm darin und dem überfüllten bus. die fressen an brigittes jugend.
brigitte wird immer älter und immer weniger frau, die konkurrenz wird immer jünger und immer mehr frau.
brigitte sagt zu heinz ich brauche doch einen menschen, der zu mir hält, der für mich da ist, dafür halte ich auch zu ihm und bin immer für ihn da.
heinz sagt, daß er darauf scheißt.
es ist schade, daß brigitte heinz so sehr haßt.
heute zum beispiel kniet brigitte vor der klomuschel im schrebergartenhaus von heinz und dessen eltern auf dem kalten fußboden.
dieser fußboden ist kälter
als die liebe, die heiß ist und heinz heißt.
der fernfahrervater ist abwesend, und brigitte hilft im haushalt, was das einzige ist, womit sie sich beliebt machen kann, das heißt sie putzt freudig mit dem scheißebesen die klomuschel. vor fünf minuten hat sie gesagt, sie macht das ja gern. jetzt macht sie es schon nicht mehr gern. ihr wird ganz schlecht von all der scheiße, die sich im laufe der woche so in einem dreipersonenhaushalt ansammelt.
heinz wird, wenn schon nicht eine sekretärin, höhere schülerin, sekretärin, sekretärin oder sekretärin zur frau bekommen, doch eine frau zur frau bekommen, die eine richtige frau ist, also ordentlich mit dem besen und seinen widrigen begleitumständen umgehn kann.

zu hause hilft brigitte nichts, das hieße kapital und arbeitskraft in ein von vorneherein zum scheitern verurteiltes mit verlust arbeitendes kleinunternehmen zu stecken. aussichtslos. hoffnungslos. brigitte investiert besser, dort, wo etwas herauskommen kann. ein ganzes neues leben.
da brigitte wenig hirn hat, ist der ausgang unsicher.
schließlich haben manager ihr hirn zu hilfe, wenn sie etwas planen. brigitte hat nur ihre finger ausgebildet gekriegt. sonst nichts. aber die mit den dranhängenden armen könnten für drei zupacken, wenn sie müßten. sie müssen. für heinz.
brigitte kriecht der mutti von heinz in den arsch. dort findet sie auch nichts andres als die gleiche scheiße wie in der muschel, die sie grade schrubbt. aber einmal wird diese hinter mir liegen, dann liegt die zukunft vor mir. nein, wenn die scheiße hinter mir ist, bin ich schon in der zukunft. zuerst muß ich mir einen status erarbeiten, der mich befähigt, überhaupt eine zukunft haben zu DÜRFEN. zukunft ist luxus. allzuviel gibts nicht davon.
diese kleine episode soll nichts weiter zeigen, als daß brigitte arbeiten *kann*, wenn es sein muß.
und es muß sein.

am beispiel paula

am beispiel paula. paula ist vom lande. das landleben hat sie bis jetzt in schach gehalten – ebenso wie ihre schwestern erika und renate, die verheiratet sind. die beiden kann man schon abschreiben, es ist genauso, als ob sie nicht auf der welt wären. mit paula ist das anders, sie ist die jüngste von ihnen und noch richtig auf der welt. sie ist 15 jahre alt. sie ist jetzt alt genug, um sich überlegen zu dürfen, was sie einmal werden möchte: hausfrau oder verkäuferin. verkäuferin oder hausfrau. in ihrem alter sind alle mädchen, die so alt sind wie sie alt genug, um sich zu überlegen, was sie einmal werden wollen. die hauptschule ist beendet, die männer im dorf sind entweder holzarbeiter oder sie werden tischler, elektriker, spengler, maurer oder sie gehen in die fabrik oder sie versuchen tischler, elektriker, spengler, maurer oder fabrikarbeiter und gehen dann doch in den wald und werden holzarbeiter. die mädchen werden ihre frauen. der jäger ist ein besserer beruf, er wird von auswärts importiert. lehrer und pfarrer gibt es nicht, das dorf hat keine kirche und keine schule. auch der intelligenzberuf des konsum-filialleiters wird von auswärts importiert, unter ihm arbeiten immer drei frauen und mädchen aus dem dorf und ein lehrmädchen aus dem dorf. die frauen bleiben bis zu ihrer heirat verkäuferin oder hilfsverkäuferin, wenn sie geheiratet worden sind, ist es aus mit dem verkaufen, dann sind sie selbst verkauft, und die nächste verkäuferin darf an ihre stelle rücken und weiterverkaufen, der wechsel geht fliegend vor sich.

so ist im laufe der jahre ein natürlicher kreislauf zustandegekommen: geburt und einsteigen und geheiratet werden und wieder aussteigen und die tochter kriegen, die hausfrau oder verkäuferin, meist hausfrau, tochter steigt ein, mutter kratzt ab, tochter wird geheiratet, steigt aus, springt ab vom trittbrett, kriegt selber die nächste tochter, der konsumladen ist die drehscheibe des natürlichen kreislaufs der natur, in seinem obst und gemüse spiegeln sich die jahreszeiten, spiegelt sich das menschl. leben in seinen vielen ausdrucksformen, in seiner einzigen auslagenscheibe spiegeln sich die aufmerksamen gesichter seiner verkäuferinnen, die hier zusammengekommen sind, um auf die heirat und das leben zu warten. die heirat kommt aber immer allein, ohne das leben. so gut wie nie arbeitet eine verheiratete frau im geschäft, außer der mann ist gerade arbeitslos oder schwerverletzt. alkoholiker ist er immer.

als holzarbeiter hat er einen schweren und gefährlichen beruf, von dem schon oft einer nie mehr zurückgekommen ist. daher genießen sie ihr leben unheimlich, solange sie jung sind, ab 13 ist kein mädchen mehr sicher vor ihnen, das allgemeine wettrennen beginnt, und die hörner werden abgestoßen, von welchem vorgang das ganze dorf widerhallt. der vorgang hallt durchs tal.

am ende ihrer jugend holen sich die jungmänner eine tüchtige, sparsame frau ins haus. ende der jugend. anfang des alters.

für die frau ende des lebens und anfang des kinderkriegens. während die männer schön reifen und zu altern beginnen und dem alkohol zusprechen, er soll sie stark und ohne krebs erhalten, dauert der todeskampf ihrer frauen oft jahre und jahre, oft auch noch so lang, daß sie dem todeskampf ihrer töchter beiwohnen können. die frauen beginnen ihre töchter zu hassen und wollen sie möglichst schnell auch so sterben lassen wie sie selber einmal gestorben sind, daher: ein mann muß her.
manchmal möchte eine tochter nicht so schnell sterben wie sie soll, sondern lieber noch ein zwei jahre verkäuferin bleiben und leben! ja leben! sie möchte in seltenen fällen sogar verkäuferin in der kreisstadt werden, wo es noch andre berufe gibt, solche wie pfarrer, lehrer, fabrikarbeiter, spengler, tischler, schlosser, aber auch uhrmacher, bäcker, fleischhauer! und selcher! und noch viel mehr. noch viel mehr versprechen für ein leben in einer schöneren zukunft.
doch es ist gar nicht so leicht, einen mann mit einer schöneren zukunft festhalten zu können. die besseren berufe haben auch besseres zu bieten, daher dürfen sie gleich verlangen, daß man es macht, trotzdem darf man es nicht machen, weil sonst will der bessere beruf gleich etwas noch besseres, und aus. ein holzknecht wartet manchmal, ein besserer beruf wartet nie. kaum eine ist davon jemals zurückgekommen, außer auf besuch und mit einem bankert ohne vatter.
der verschwindend kleine rest kommt auch manchmal auf besuch nach hause, um der mutter und dem vatter die kinder zu zeigen, wie gut sie es haben, und der mann ist brav und gibt das ganze geld her und säuft nur wenig, und die küche ist ganz neu und der staubsauger ist neu und die vorhänge sind neu und der ecktisch detto und der fernseher ist neu, und die neue couch ist neu und der neue herd ist zwar gebraucht, aber wie neu, und der fußboden ist zwar abgetreten aber geputzt wie neu. und die tochter ist noch wie neu, wird aber bald verkäuferin werden und rapide altern und gebraucht werden. aber warum soll die tochter nicht verbraucht werden, wenn die mutter auch verbraucht worden ist? die tochter soll bald gebraucht werden, sie braucht es schon nötig, und her damit mit dem neuen besseren, als da sind pfarrer, lehrer, fabrikarbeiter,

spengler, tischler, schlosser, uhrmacher, fleischhauer! und selcher! und viele andre, u.v.a. und alle brauchen sie ununterbrochen frauen und verwenden sie auch, aber selber wollen sie auf keinen fall eine schon gebrauchte frau kaufen und weiterverbrauchen. nein. das wird dann schwierig. weil wo nimmt man ungebrauchte frauen her, wenn frauen dauernd verbraucht werden? es gibt keine prostitution, es gibt aber eine menge unehelicher kinder, die, die hätte es nicht machen dürfen, sie hat es aber gemacht, dabei hat man es ihr gemacht, man hat es ihr gründlich besorgt, und jetzt steht sie da und muß selber die arbeit machen, auch die arbeit, die sonst der mann macht, und das kind bleibt bei der haßaufmutterundkinderfüllten oma. gebrauchte frauen werden selten und wenn, dann vom erstverbraucher genommen. dann müssen sie sich ihr leben lang anhören: wenn ich dich nicht genommen hätte, hätte dich kein andrer mehr genommen, und du hättest schauen müssen, wo du das geld fürs kind hernimmst, so habe ich dich im letzten moment doch noch genommen, und du kannst jetzt das geld von mir nehmen, nachdem ich mir das geld für den alkohol vorher genommen habe, und dann kann ich dich ohne schwierigkeiten dafür nehmen so oft ich will, aber, daß unsre tochter keiner widerrechtlich nimmt und benützt, da paß ich auf, daß sie nicht so eine wie ihre mutter wird, die sich schon VORHER hat nehmen lassen.
sie soll warten, bis sie wer nimmt, aber nachher, und sich dann nehmen lassen, aber erst nachher. wenn sie sich nämlich, so wie du, vorher nehmen läßt, dann kann sie nachher froh sein, wenn sie überhaupt noch einer nimmt. und unsre tochter kann froh sein, daß sie so einen vatter hat.
schrecklich, dieses langsame sterben. und die männer und die frauen sterben gemeinsam dahin, der mann hat dabei noch etwas abwechslung, er bewacht seine frau wie ein hofhund von draußen, er bewacht sie beim sterben. und die frau bewacht von drinnen den mann, die weiblichen sommergäste, ihre tochter und das wirtschaftsgeld, das nicht versoffen werden soll. und der mann bewacht von draußen seine frau, die männlichen sommergäste, die tochter und das wirtschaftsgeld, damit er was abzweigen kann zum saufen. und so sterben sie sich gegenseitig an. und die tochter kann es gar nicht

mehr erwarten, endlich auch sterben zu dürfen, und die eltern kaufen für den tod der tochter schon ein: leintücher und handtücher und geschirrtücher und einen gebrauchten kühlschrank. da bleibt sie wenigstens tot aber frisch.
und was wird aus paula? verkäuferin oder hausfrau? über dem allen nur paula nicht vergessen! um die es hier geht. was wird mit paula? später sterben oder früher? oder gar nicht erst mit dem leben anfangen? gleich sterben? nicht warten können, und dann ist es zu spät, und das kind ist da und die mutter stirbt gleich anstatt erst nach der hochzeit? NEIN! paula möchte nämlich schneiderin lernen. das hat es im dorf überhaupt noch nie gegeben, daß eine was LERNEN möchte. das kann nicht gut gehn. die mutter fragt: paula, willst du nicht doch verkäuferin werden, wo du jemand kennenlernen kannst oder hausfrau wo du schon jemand kennengelernt hast?
die mutter sagt: paula, du MUSST verkäuferin werden oder hausfrau. paula antwortet: mutter, es ist gerade keine lehrstelle als verkäuferin frei. die mutter sagt: dann bleib zuhause, paula, und werde hausfrau und hilf mir bei der hausarbeit und im stall und bediene deinen vatter so wie ich ihn bediene und bediene auch deinen bruder, wenn er aus dem holz kommt, warum sollst du es besser haben als ich, ich war nie etwas besseres als meine mutter, die hausfrau war, denn damals hat es noch keine verkäuferinnen gegeben bei uns, und mein vatter hätte mich erschlagen, wenn es sie gegeben hätte.
und er hat gesagt, ich soll zuhause bleiben und der mutta helfen und ihn bedienen, wenn er aus der arbeit kommt und das bier holen vom wirten, das dauert 8 minuten hin und zurück, und wenn es länger dauert, dann brech ich dir das kreuz. und warum sollst du, meine tochter, es besser haben? bleib lieber zu haus und hilf mir, wenn dein vatter und dein bruder gerald nach hause kommen. und vielleicht brechen wir, ich und dein vatter und dein bruder gerald dir einmal wirklich das kreuz.
HALLO!
paula sagt jedoch, mutter ich will aber nicht, ich will schneiderei lernen. und wenn ich die schneiderei fertiggelernt habe, will ich auch etwas von meinem leben haben, nach italien fahren und für mein selbstverdientes ins kino gehen, und nachdem ich etwas von meinem leben gehabt haben werde, will ich

noch einmal, ein letztes mal, nach italien fahren, und für mein selbstverdientes noch einmal, ein allerletztes mal, ins kino gehen, und dann will ich mir einen braven mann suchen, oder einen weniger braven, wie man sie im kino jetzt immer öfter sieht, und dann will ich heiraten und kinder bekommen. und alle miteinander und auch noch zugleich lieben, ja, lieben! und es sollen zwei sein, ein bub und ein mädel. und dann möchte ich auch noch die pille nehmen, damit es nur zwei bleiben, ein bub und ein mädel, und alles immer sauber und rein. und nur mehr für die kinder und mich nähen müssen, und ein einfamilienhaus, selber bauen mit fleißigem mann.
und für die kinder und mich nähe ich alles selber, das spart viel geld, für fremde leute muß ich dann nicht mehr nähen, das wird er mir nicht erlauben, nein. mutta, bitte ich möchte schneiderei lernen.
die mutta sagt, daß sie es dem vatter sagt und dem gerald. sie war höchstens 3 mal im leben im kino, und es hat ihr nicht gefallen und sie nicht interessiert, und sie war froh, wie sie wieder zuhause war. in italien war ich überhaupt nicht, noch nie, und der fernseher ist viel interessanter, da sieht man die ganze welt, ohne, daß man gleich in ihr drinnensein möchte oder müßte. wie mein vatter noch gelebt hat, hab ich für ihn geschuftet, und dann hab ich für deinen vatter weitergeschuftet und für den gerald, und jetzt, wo du alt genug bist, um mit mir zu schuften, willst du plötzlich nicht mehr sondern die saubere schneiderei lernen. warum und für was hab ich mein leben lang geschuftet, wenn nicht für den vatter und den gerald, und jetzt, wo du endlich mitschuften könntest, willst du nicht. schlag dir das aus dem kopf! bevor es dir der vatter und der gerald rausschlagen. gleich sag ich es dem vatter und dem gerald. gleich!
der vatter und der gerald sind der meinung, daß paula sich nicht mit der leichten sauberen schneiderei drücken könne, wenn sie selber die schwere schmutzige holzarbeit machen. sie soll nur nicht glauben, daß sie vatters haß entkommen könne, mit einer sauberen arbeit, wo der vatter doch die mutter wegen ihr hat heiraten müssen, na, nicht wegen ihr aber wegen ihrer ältesten schwester, die jetzt schon verheiratet und unangreifbar ist. haben wir also schon deine mutta gehaßt,

weil sie die saubere hausarbeit hat machen dürfen, während wir die dreckige schwere arbeit machen müssen, haben wir also schon deine mutta im rausch oft und oft halbtot geprügelt, haben wir also schon deiner mutta die dreckigen stiefel ins gesicht und die dreckigen hosen auf die bank geschmissen, die dreckigen arbeitshosen auf die damalsneue polsterbank, wollen wir also auch dir ausgiebig die dreckigen stiefel ins gesicht und die dreckigen hosen auf die bank schmeißen, was du dann wegputzen mußt. haben wir unsren ehrlichen sauberen haß auf euch auch nur einen augenblick vergessen? nein. siehst du! außer im augenblick eines geburtstages, eines heiligabends oder eines schweren unfalls, und da willst du schneiderei lernen!
aber paula sieht sich weiterhin das bessere leben an, wo sie es zu fassen kriegt, egal wo, im kino oder beim sommergast. aber immer ist es nur das bessere leben von andren, nie das eigene.
sie sagt auch manchmal: das lehrlingsgeld könnt ihr doch brauchen, und verkäuferin muß man schließlich auch lernen. und mein brautkleid, denkt euch, mein brautkleid kann ich mir dann selber nähen!!! und der mutta nähe ich auch was, und der tante und der oma und allen, allen. und das spart wiederum geld, und ich sehe oft saubere leute dabei, und dann bin ich auch eine von den sauberen leuten, weil ich mir selbst auch neue kleider nähe, was einem besseren mann gefallen kann.
und alle werden sagen ich bin sauber, und vielleicht heiratet mich dann sogar ein tischler, maurer, spengler, fleischer! oder selcher!
und die ganze zeit schaut paula sich das bessere leben an wie etwas, das ihr auch mal gehören kann, obwohl es nicht für sie gemacht ist.
und weil sie die viele beschäftigung gar nicht wert ist, und weil der vatta am abend seine ruhe haben möchte, und weil er sie ja nicht erschlagen kann, so gern er es auch möchte, weil er einfach zu müde ist, als daß er einen zweiten zornausbruch riskieren könnte, und weil er sie ja nicht umbringen kann, so gern er es auch möchte, und weil es im grunde ja wurscht ist, und weil die paula tausend sachen versprochen hat, unter an-

drem, daß sie der mutter am abend im stall helfen wird, und weil geld geld ist, darf die paula endlich doch die schneiderei lernen.
und von diesem augenblick an sieht paula das bessere leben mit ganz andren augen, wie etwas, das man sich vielleicht sogar nehmen kann, obwohl man erst den saum kürzer und die taille enger machen muß.
im schlechteren leben beginnen also paulas lehrjahre, im besseren sollen sie enden. hoffentlich enden sie nicht schon, bevor sie überhaupt noch richtig begonnen haben.
und hoffentlich gehört das bessere leben nicht schon jemand andrem, jemand, dem es mit engerer taille und kürzerem rock vielleicht nicht mehr passen könnte!

was ist das, was da so leuchtet?

was ist das, was da so leuchtet wie reife polierte kastanien, fragt sich heinz eines tages auf dem wege zur arbeit. es ist brigittes haar, das frisch getönt ist. man muß nur aufpassen, daß die einwirkungszeit nicht zu lange ist.
heinz hat geglaubt, daß das reife polierte kastanien sind, die da so leuchten, jetzt sieht er aber, daß es brigittes haar ist, das da so leuchtet. er ist erstaunt, daß das schicksal zugeschlagen hat.
ich liebe dich, sagt brigitte. ihre haare glänzen in der sonne wie reife kastanien, die auch noch poliert sind. ich liebe dich so sehr. das ist das gefühl der liebe dieses unausweichliche gefühl. mir ist, als ob ich dich immer schon gekannt hätte, seit meiner längstvergangenen kindheit schon. brigitte sieht zu heinz auf.
auch heinz ergreift sofort das gefühl. außerdem ergreift ihn eine sinnlichkeit, von der er schon gehört hat, daß es sie gibt.
es ist neu und erschreckend zugleich.
heinz will elektriker werden. wenn man etwas lernt, ist man nachher mehr als man vorher war. außerdem ist man dann auch mehr als alle, die nichts gelernt haben.

uns beiden passiert hier etwas, sagt brigitte, das neuer und erschreckender ist als alles, was uns bisher geschehen ist, auch neuer und erschreckender als der betriebsunfall voriges jahr, bei dem eine hand verloren wurde: die liebe. ich weiß jetzt nämlich, daß ich dich liebe und bin froh, daß ich es weiß. für mich gibt es keinen andren mann als dich, heinz, und wird auch keinen mehr geben. oder siehst du hier einen andren mann? heinz sieht keinen, und das gefühl der sinnlichkeit verstärkt sich noch. diese lippen ziehen mich förmlich in ihren bann, denkt heinz. sie locken, und sie verheißen etwas. was? heinz denkt nach. jetzt hat er es: sinnlichkeit.
ich liebe dich so sehr, sagt brigitte, ihr haar glänzt wie reife kastanien in der sonne. ihre vollen lippen sind leicht geöffnet, als ob sie locken oder zumindest verheißen würden. was? ich liebe dich so sehr, daß es wehtut, es tut seelisch in der seele weh und körperlich im körper weh. ich möchte, daß du immer bei mir bleibst, mich niemals verläßt. nach der hochzeit möchte ich ganz zu hause bleiben und nur für dich und unser gemeinsames kind dasein.
was ist meine arbeit in der fabrik gegen dieses gefühl der liebe? nichts! sie verschwindet, und nur mehr das gefühl der liebe ist hier.
heinz will sich eine neue modische hose kaufen. jetzt, wo er geliebt wird, ist eine moderne hose noch viel wichtiger als zuvor. leider geht der ganze lohn des letzten lehrjahrs an den wochenenden in den diskotheken drauf. auch dort herrscht sinnlichkeit, doch weniger als hier bei brigitte, wo es aktuell wird.
ich brauche dich, und ich liebe dich, sagt brigitte. ihr haar leuchtet in der sonne wie reife polierte kastanien, die liebe ist ein gefühl, daß einer den andren braucht. ich brauche dich, sagt brigitte, damit ich nicht mehr in die fabrik gehen muß, denn die fabrik brauche ich eigentlich überhaupt nicht. was ich brauche, das bist du und deine nähe. ich liebe dich und ich brauche dich.
hoffentlich ist diese liebe auch körperlich, hofft heinz. ein mann muß alles mitnehmen, was er kriegen kann. auch muß er einmal ein schönes heim haben, auf das er vorher sparen muß, auch muß er einmal kinder haben, aber vorher muß er

noch etwas vom leben gehabt haben. die arbeit ist nicht alles, weil die liebe alles ist. ob das wohl die körperliche liebe ist, fragt heinz.
ja, heinz, es ist die liebe, sagt brigitte. ihr haar schimmert in der sonne wie reife polierte kastanien. plötzlich ist sie zu uns gekommen, ganz über nacht, heinz, wer hätte das gedacht? du wirst für mich sorgen und mich für meine liebe belohnen und entschädigen, nicht wahr, heinz?
ich liebe dich nämlich so sehr.
heinz behält sein berufliches fortkommen und kurse, die vielleicht besucht werden werden im auge. brigitte behält in einem auge die liebe, die wie eine schwere krankheit ist, im andren auge behält brigitte ihre zukünftige wohnung und deren einrichtung im auge. brigitte hat gehört, daß es richtig ist, wenn es wie eine krankheit ist, brigitte liebt heinz richtig und echt.
verlaß mich niemals, heinz!
die eltern von heinz kaufen unter großen opfern die moderne hose für heinz. sie wollen aber dafür keine dummheiten zwischen mädchen und heinz. sie sagen, er kann sich damit seine ganze berufliche zukunft ruinieren. hat sich denn vater nicht genug geplagt sein leben lang? ein ruiniertes leben in der familie reicht doch wirklich.
die zukunft ist für heinz, der etwas erreichen will, wichtig. heinz, der bis jetzt noch nichts im leben erreicht hat, sagt: das leben besteht nicht nur aus arbeit. du hast im leben noch nichts gelernt und nichts erreicht, deswegen kannst du das gar nicht wissen, sagt der vater, der auch nichts erreicht und gelernt hat und schon alt ist.
ich liebe dich, sagt brigitte. die heinz nicht verlieren will. was man einmal hat, das möchte man behalten, womöglich kann man sogar mehr bekommen als man hat. vielleicht ein eigenes geschäft. sie kann fleißig mitarbeiten, was sie gewohnt ist.
ich liebe dich, sagt brigitte. endlich muß man nicht mehr fragen, ob dies die liebe ist, weil sie es sicher ist.
heinz und brigitte erschrecken vor der größe dieses gefühls. brigitte erschrickt mehr als heinz, weil gefühle mehr weiblich sind.
der beruf ist mehr männlich. er macht heinz nur wenig freude, trotzdem will und kann er vorwärtskommen, egal wohin. die

liebe macht heinz zwar mehr freude, trotzdem muß er dabei vorsichtig sein, damit er nicht beruflich durch sie behindert wird. die modischen kleidungsstücke, die sich heinz von seinem lohn wird kaufen können, machen ihm sicher freude, die modischen kleidungsstücke, die er seiner frau wird kaufen müssen, machen ihm sicherlich viel weniger freude. daher: vorsicht!
die liebe tut brigitte weh. sie wartet auf einen anruf von heinz. warum kommt dieser nicht? es tut so weh zu warten. es tut deshalb weh, weil brigitte sich nach heinz sehnt. brigitte sagt, daß heinz ihre ganze welt ist. brigittes welt ist daher klein. das leben erscheint ihr sinnlos ohne ihn, das leben erscheint ihr auch mit ihm nicht sehr sinnvoll, es sieht bloß sinnvoller aus, jedenfalls sinnvoller als ihre arbeit in der büstenhalterfabrik.
komm zurück, heinz! ich liebe dich, und ich brauche dich.
heinz braucht eine gesicherte existenz. etwas in ihm sagt: strebe vorwärts, das sagen auch die erfahrenen eltern, die über die landesgrenzen noch nicht hinausgekommen sind.
laß mich nie mehr allein, bittet brigitte, mein leben ist sinnlos ohne dein leben.
brigitte muß schauen, daß sie einen mann bekommt, der nicht ins wirtshaus geht. sie muß schauen, daß sie eine schöne wohnung bekommt. sie muß schauen, daß sie kinder bekommt. sie muß schauen, daß sie schöne möbel bekommt. dann muß sie schauen, daß sie nicht mehr arbeiten gehen muß. dann muß sie vorher noch schauen, daß das auto ausbezahlt ist. dann muß sie schauen, daß sie sich jedes jahr einen schönen urlaub leisten können. dann muß sie allerdings schauen, daß sie nicht durch die finger schauen muß.
man lebt nur einmal, sagt brigittes mutter, der dieses eine mal schon zuviel ist und zu oft, weil sie keinen mann hat.
brigittes eines leben ist jedoch ausgefüllt, weil es voll von heinz ist. ihr haar glänzt wie polierte kastanien in der sonne. brigitte ist geradezu überwältigt von diesem leben, das, dank heinz, fast eine nummer zu groß für sie ist. von ihrer arbeit ist brigitte nicht überwältigt, weil sie einförmig ist. heinz ist, im gegensatz zu ihrer arbeit, überwältigend.
heinz muß noch etwas im leben erreichen, bevor er an eine familie auch nur denken darf. brigitte will heinz erreichen, der

dann etwas für sie erreichen soll, weil er eine zukunft hat. die zukunft von heinz liegt in der elektrobranche, in der er tätig ist. die zukunft von brigitte liegt in heinz. gute fachleute sind mangelware.
mein gott, wie ich dich liebe, sagt brigitte zu heinz.
auch ich spüre dieses gefühl, entgegnet heinz. sein vater spürt seine bandscheiben, weil er fernfahrer ist, was er bald gewesen sein wird, wenn die bandscheiben sich nicht beherrschen. der fernfahrer glaubt, daß brigitte nichts ist und nichts hat. er glaubt, daß heinz etwas wird und jetzt schon etwas hat: nämlich begabung, ausdauer und fleiß. enttäusche deinen vater nicht, heinz! er glaubt, daß du ansprüche stellen kannst und darfst.
am besten, heinz sucht sich eine frau mit geld, damit er sich bald selbständig machen kann und ein eigenes geschäft kriegt. hübsche gesichter wie das von brigitte täuschen oft, beruflicher niedergang liegt in ihnen. die eltern wollen das beste für heinz. das ist brigitte sicher nicht: das BESTE.
ich liebe dich so sehr, sagt brigitte. mein glänzendes haar unterstützt meine liebe. was meine liebe noch unterstützt: dein beruf, der eine zukunft hat. was meine liebe außerdem unterstützt: ich selber, die ich überhaupt nichts habe.
die heinzeltern wollen, daß heinz auf das echte schaut, was brigittes haare nicht sind. sie sind gefärbt. heinz ist noch viel zu jung, um das echte zu erkennen, wenn er es sieht. für das echte sind die eltern zuständig, die ihr leben lang damit zu tun gehabt haben. der vater spürt, daß seine bandscheiben sehr sehr echt sein müssen, heinz kann ansprüche stellen, wofür er seinen beruf schließlich erlernt.
auch brigitte liebt das echte sehr. heinz, den echten mann, zum beispiel, dann echte teppiche echte sitzgarnituren und eine echte kleine hausbar.
heinz will noch etwas von seinem leben haben. heinz kann noch etwas von seinem leben haben, solange er bei seinen eltern wohnt und geld spart. außerdem ist er noch zu jung, um sich schon zu binden. brigitte, deren haar heute wieder glänzt, daß es in den augen wehtut, liebt heinz so sehr, daß etwas in ihr zerbrechen würde, wenn heinz sie wegwirft. ich liebe dich, sagt sie in der art ihrer lieblinge von film, funk,

fernsehen und schallplatte. ich weiß nicht, ob es für ein ganzes leben reicht, sagt heinz, ein mann will viele frauen genießen. ein mann ist anders.
ich liebe dich doch gerade deswegen, weil du ein mann bist, sagt brigitte. du bist ein mann, der einen beruf lernt, ich bin eine frau, die keinen beruf gelernt hat. dein beruf muß für uns beide reichen. das tut er auch spielend, weil er so ein großer schöner beruf ist. du darfst mich niemals verlassen, sonst würde ich sterben, sagt brigitte.
so schnell stirbt man nicht, sagt heinz. du müßtest eben auf einen zurückgreifen, der weniger verdient, als ich einmal verdienen werde.
ich liebe dich doch gerade deswegen, weil du mehr verdienst als einer, der weniger verdient.
außerdem liebt brigitte heinz, weil dieses gefühl in ihr ist, gegen das sie nicht ankommt. schluß.
ihr haar ist wie polierte edelkastanien.
ich werde es mir bis morgen überlegen, sagt heinz. so macht man das im modernen wirtschaftsleben, in welchem ich mich auskenne.
ich liebe dich so sehr, antwortet brigitte. morgen ist schon die zukunft, und die habe ich nicht.
mich hast du jedenfalls auch nicht, sagt heinz,
ich möchte daher nicht in deiner haut stecken.

und weiter geht das schlechte beispiel paula

immer abwechselnd mit dem guten beispiel brigittes schleppt sich das schlechte beispiel paulas dahin.
wenn es fast noch nacht ist, schleppt sich das beispiel paula in den nachbarort, der fast schon eine stadt ist, wo man deshalb auch einen beruf erlernen kann, der unter umständen ein ganzes leben verändern kann: die schneiderei.
im nachbarort lernt man auch überflüssige dinge, die einen auf die schiefe bahn bringen könnten: das kino- und kaffeehausgehen.

vor beidem hat man paula schon oft gewarnt.
es ist so schön, sich in ein kaffeehaus zu setzen.
es ist so, als ob man für etwas schönes auf die welt gekommen wäre. dabei ist man für etwas unschönes auf die welt gekommen: für ein falsches leben, das hausarbeiten heißt, und das an einem klebenbleibt, wenn man irrtümlich hineinfaßt.
paula arbeitet daheim für ihre angehörigen, denen sie dieses falsche leben verdankt.
wundert es da noch jemand, wenn eine sehnsucht in paula ist?
im autobus fahren außerdem eine menge kinder in die schule und eine menge frauen zum fleischer, selcher! oder friedhof.
im autobus fährt kein mann unter 70, er sei denn im krankenstand. im krankenstand darf man aber nicht autobusfahren, jede art von vergnügung wird sofort beim vorarbeiter denunziert. daher ist jeder mann unter 70 illegal im autobus tätig. die legalen männer unter 70 fahren mit dem jeep in den hochwald hoch.
die hausfrauen im bus erklären paula im chor, daß paula eine von ihnen ist.
paula glaubt heimlich für sich, daß sie eine über ihnen ist.
die hausfrauen im bus erklären paula nachdrücklich, daß sie nichts besseres ist.
über allem aber ist die liebe, die das beste ist, sagt paula darauf. paula ist besser, weil sie eine liebe in sich haben wird, wenn der richtige augenblick gekommen sein wird. zuerst ist paula wegen der schneiderei besser, anschließend wird sie von der liebe veredelt werden. die liebe wird die schneiderei ablösen. ich freu mich schon so.
paula hält ihr ledernes täschchen fest, das etwas besseres als die plastiktragetaschen der artgenossinnen ist. die andren frauen halten ihr wissen über die männer fest, das paula noch nicht hat.
männer können schweine sein, aber auch das gegenteil. was ist das gegenteil eines schweines?
dafür arbeiten die männer die ganze woche schwer. am samstag ist großer unterwerfungstag. das dorf zittert dann von den knie- rücken- und schulterwürfen.

paula zittert, wenn sie das hört, bei ihr wird es ganz anders sein. besser.
anschließend kann man beim kaffee seine wunden lecken und fernsehen. ja, fernsehen! das nachmittagsprogramm. über einem lustigen zeichentrickfilm, von dem man nur die hälfte versteht, weil es schnell geht, vergißt jeder schmerz im unterleib sein bohren.
wenn ein schmerz im unterleib trotzdem mal seinen kopf herausstreckt wie ein wurm aus dem apfel, dann ist es schon zu spät, das alte sprichwort sagt, daß frauen zum leiden geboren sind, männer sind zum arbeiten geboren: einer hat sich in den leib des andren verbissen und haust darin wie ein vandale, lebt, nährt sich davon, man nennt das eine symbiose.
außerdem haben die frauen im bus der paula das wissen um die heilsamen schmerzen des kinderkriegens voraus. der vorsprung ist groß aber nicht unaufholbar. viele gespräche hallen durch die miefige luft, die von schmerzen im allgemeinen, den ungesunden schmerzen des lastenschleppens, des operiertwerdens, des rheumas, des leistenbruches, hexenschusses, grauen stars oder krebses handeln. anschließend diskutiert man die gesunden schmerzen des kindergebärens, die eine frau von mal zu mal leistungsfähiger machen. auf welche sofort und ohne übergang die große freude des kinderhabens folgt, was die übergroße freude des wochenbettes nach sich zieht.
paula, das opfer des handwerks, lernt die schneiderei. eine schürze geht schon. es geht langsam, aber es geht. die tätigkeit des hantierens mit stoffen macht paula freude. oft jedoch, wenn paula gerade eine besonders komplizierte naht nähen muß, steckt die liebe ihren häßlichen kopf dazwischen. da paula in ihren arbeitspausen immer mehr über die liebe erfährt, meistens durch illustrierte hefte, weiß paula während der arbeit schon, wie das zwischen männern und frauen vor sich geht. jedenfalls neu und anders als sie es je gehört hat. was paula je gehört hat, das hat sie von ihrer familie und den freundinnen. was kann man von solchen untermenschen schon erwarten! paula wäre ja irrsinnig, wenn sie sich mit den frauen ihrer familie, mit diesen armen schuhabtretern, solidarisieren würde! paula solidarisiert sich lieber mit ihrer be-

sten freundin, mit uschi glas, oder mit ihrer zweitbesten freundin, dieser hübschen blonden frau von diesem hübschen schwarzen schlagersänger (schwarzhaarigen).
in den arbeitspausen saugt sich paula mit liebe voll, während der arbeit kotzt sie dann alles wieder aus. vor allem, daß es sauber aber sinnlich sein muß. das ist paula ein dorn im auge. wie sollte in ihrer unsinnlichen und unsauberen umgebung jemals die liebe gedeihen und wachsen, ja wie?
was entsteht daraus, wenn man sich etwas vorstellt, was es in der wirklichkeit der es sich vorstellenden person nicht gibt?
richtig: träume entstehen aus dieser üblen konstellation.
paula träumt wie alle frauen von der liebe.
alle frauen, auch paula, träumen von der liebe.
viele ihrer früheren schulfreundinnen, viele ihrer jetzigen arbeitskolleginnen, träumen ebenfalls davon, nur glaubt jede von ihnen ganz fest, daß nur sie alleine jene bekommen wird.
beim verkaufen als verkäuferin, dem starberuf, hat die liebe hundertmal am tag die gelegenheit und die chance hereinzukommen. aber es kommen nur immer hausfrauen mit kindern herein, nie die liebe. die hereingekommenen hausfrauen, die die liebe schon einmal, vor langer zeit, gehabt haben, bemitleiden und verachten die verkäuferinnen, weil sie verkaufen müssen und nicht die schönsten folgen der liebe, nämlich die kinder und das wirtschaftsgeld, das vom manne kommt und zum großteil wieder dorthin zurückgeht, genießen können.
die geschützten frauen verachten die ungeschützten.
und die verkäuferinnen hassen die hausfrauen dafür zurück, weil die aus allem raus sind, während sie noch im harten konkurrenzkampf stehen und statt lackierter möbel noch nylonstrümpfe, pullis und miniröcke kaufen müssen – als investitionsgüter.
ja, das geht ins geld!
es ist ein allgemeines hassen im ort, das immer mehr um sich greift, das alles ansteckt, das vor keinem halt macht, die frauen entdecken keine gemeinsamkeit zwischen sich, nur gegensätze. diejenigen, die etwas besseres auf grund ihrer körperlichen vorzüge bekommen haben, wollen es behalten und vor den andren verstecken, die andren wollen es ihnen weg-

nehmen oder nochwas besseres. es ist ein hassen und eine verachtung.
der grundstein dafür wird schon in der schule gelegt. daß paula überhaupt auf die idee kommt, die liebe mit blumen, knospen, gräsern und kräutern zu vergleichen, ist eine folge ihrer schulzeit.
daß paula die liebe mit sinnlichkeit verbindet, ist eine folge der zeitschriften, die sie gerne liest. das wort sexualität hat paula schon gehört, aber nicht ganz verstanden.
daß die liebe nur etwas mit arbeit zu tun hat, das sagt keiner gern. paula weiß auch im schlaf, wie man ein baby wickelt und füttert. paula weiß aber nicht, wie man eine empfängnis verhütet.
paula weiß aber im schlaf, worauf es ankommt, nämlich auf das gefühl alleine.
paula wartet darauf, daß sie ausgewählt wird, worauf es ankommt. es kommt darauf an, vom richtigen ausgewählt zu werden.
paula hat niemals gelernt, selber auszuwählen und zu bestimmen. paula erlebt alles in der leideform, nicht in der tätigkeitsform. das äußerste, was paula erlebt, ist, daß sie einmal nein sagen kann. man sollte aber nicht zu oft nein sagen, weil man sonst einmal zuviel nein gesagt hat, und das glück in zukunft vorbeigeht und nicht mehr anklingelt.
paula geht manchmal auf den tanzboden, wenn ein fest stattfindet. manchmal wird paula von einem besoffenen tanzbodenbesucher wieder in den wald weggeführt, was keiner sehen darf, weil es ihren marktwert gleich ins bodenlose sinken lassen würde.
im wald wird paula dann an den busen oder schlimmerenfalls zwischen die beine oder an den arsch gegriffen.
man hat paula beigebracht zu taxieren, wer ihr da zwischen die beine greift. ist es einer mit zukunft oder ohne zukunft.
ist es einer mit zukunft oder ein arbeitstier?
wenn es ein arbeitstier ist, kann er kein schicksal für paula werden. paulas hirn hat gelernt, in solchen fällen wie ein computer zu arbeiten. hier, das ergebnis: verheiratet, zwei kinder.
es folgt das wegstoßen, schimpfen, kreischen, manchmal folgt das taumeln und umfallen des alkoholikers und verführers.

manchmal folgt das umfallen, ruhegeben und rauschausschlafen.
manchmal wird der genannte auch brutal und grob.
es genügt also nicht, sich einfach hirnlos der liebe hinzugeben, wenn sie anklopft, man muß auch rechnen wegen dem späteren leben, das ja manchmal noch nachkommt.
man muß rechnen wegen der zukunft, die noch vor einem ist.
die zukunft, das ist immer der andre, das kommt immer vom andren. die zukunft überkommt einen wie ein hagelschlag. die liebe, wenn überhaupt, wie ein gewitter. schlimmstenfalls garnicht. die schneiderei muß man selber machen.
die schneiderei muß man selber machen.
paula beginnt also sofort zu denken, zu programmieren, wenn einer sie anfaßt. dabei kommt oft ganz unprogrammgemäß der ekel hoch. hoch soll er leben! er wird aber gleich wieder unterdrückt. daß paula nicht mal, vor lauter eifer, versehentlich die liebe mit unterdrückt!
frühzeitig lernt paula, ihren körper und das, was mit ihm geschieht, als etwas zu betrachten, das einem andren passiert als ihr selbst. einem nebenkörper gewissermaßen, einer nebenpaula.
alles material aus paulas träumen, alle zärtlichkeit geschieht mit paulas hauptkörper, die prügel, die vom vatter kommen, geschehen dem nebenkörper. ihre mutter, die nie gelernt hat, sich einen nebenkörper anzuschaffen, muß alles mit dem hauptkörper abfangen, deswegen ist der auch schon so schleißig und hin.
man muß sich nur zu helfen wissen. man muß sich doch irgendwie helfen können! wenn man sich nichts nehmen darf, außer der arbeit, wenn man immer nur genommen wird, dann muß man sich eben zu helfen wissen.
wenn die frauen von ihren männern reden, dann sagen sie nur: meiner. MEINER. sonst nichts, nicht mein mann, nur meiner. zu einem fremden sagt man vielleicht: mein gatte. zu einem von hier sagt man: meiner. paula beobachtet das siegerlächeln, wenn die mutta oder die schwestern sagen: meiner. die einzige gelegenheit, wo die besiegten ein siegerlächeln im mundwinkel haben.

sie wünscht sich, daß sie auch einmal zu einem: meiner sagen kann. zu ihrer schneiderei sagt paula nie: meine arbeit. zu ihrer arbeit sagt paula nie: meine. auch innerlich nicht. die arbeit, das ist etwas, das von einem losgelöst ist, die arbeit das ist doch mehr eine pflicht und geschieht daher dem nebenkörper. die liebe, das ist eine freude, eine erholung, und geschieht daher dem hauptkörper.
die arbeit, selbst wenn man sie gern macht, erleidet man. paula hat, trotz aller liebe zur schneiderei, gelernt, daß die arbeit etwas lästiges ist, das die liebe nur abhält, nicht sie herbringt.
in paulas schädel kann nur mehr ein betonmischer ordnung schaffen. in all der körperlichen liebe und in all der geistigen liebe zu filmschauspielerinnen, schlagersängern und fernsehstars.
paula nimmt nur auf, sie verarbeitet nicht. wie ein schwamm, der nie ausgedrückt wird. ein schwamm, der vollgesoffen ist, von dem alles überschüssige mehr zufällig abrinnt. wie soll paula bloß was lernen?
durch schaden natürlich.
wodurch man klug wird.

auch ekelt sich brigitte vor heinz!
auch brigitte ekelt sich vor heinz

auch ekelt sich brigitte vor heinz und seinem fetten weißen elektrikerkörper, der auch heinz heißt. trotzdem ist sie auch wieder froh, so froh, todfroh, daß sie ihn hat, weil er ihre zukunft ist.
habt ihr auch eine zukunft? bildet einen ganzen satz: meine zukunft heißt edi. und all ihre gefühle muß brigitte alleine, nur mit hilfe ihrer muskelkraft hervorbringen. ohne technische hilfe.
kein wunder, daß sie überfordert ist.
heinz verwendet seine muskelkraft, um sich einen beruf aufzubauen.
heinz hat auch köpfchen, was ebenfalls dazukommt.

brigitte traut ihrer muskelkraft nicht zu, daß sie ihr einen beruf aufbauen könnte, brigitte schafft gerade nur die liebe.
eines tages ist die verheiratete schwester von heinz mit ihrem säugling und dem kleinkind auf besuch. schwer mit tassen, kuchentellern und dem dazugehörenden kuchen beladen, stolpert brigitte umher. die heinzmutter will brigitte gern verstecken, vielleicht im hortensienbeet?!, weil diese nur am büstenhalterband näht, immer mindestens 40 stück, das ist die akkordmindestleistung. brigitte will um jeden preis dazugehören, sie will ihre zukunft schon in der gegenwart so fest verankern, daß sie ihr keiner mehr wegreißen kann.
die heinzmutter, von natur aus gutmütig, sieht die heinzzukunft jedoch nur in heinz alleine, in heinz und seinem präsumptiven einfamilienhaus, das er der mutti, dem vati und nicht zuletzt sich selbst mit seinem kleinunternehmergeld wird schaffen können. will und wird. die heinzmutter sieht das alles schon vor sich wie eine fata morgana, eine geduldige zukunft, die schon viel ausgehalten hat, bevor es sie überhaupt noch gibt, eine zukunft, auf deren rücken sich das häuschen ausbreitet. kinder, wird das schön! nirgends sieht die mutter ein plätzchen für brigitte, nicht mal in der küche, brigittes plätzchen ist das band, das band und nochmals das band, beladen mit büstenhalterspitze, schaumgummi und stretch, brigittes häuschen ist das nähen, das angelernte.
zuerst muß ein eigenes geschäft eingerichtet werden, was viel geld verschlingt, was viel von den fernfahrerersparnissen verschlingt. die heinzmutter ist auch einmal, bevor sie eine fernfahrersfrau wurde, vor vielen vielen jahren, sogar noch, bevor sie eine zukünftige unternehmermutter wurde, nichts und niemand gewesen. sie kennt diesen zustand also aus dem FF.
sie selber ist jedenfalls draußen und alt. der vater ist noch drinnen, er ist fernfahrer geworden. die bandscheiben sind zwar unwiderruflich hin, aber trotzdem kann der vati seinen sohn noch auf die schultern heben und tragen, ihn in den sattel heben, ins geschäftsleben hinein.
heinzens mutti stößt brigitte unter den kaffeetisch, stopft sie in die geschirrlade hinein, brigitte muß alles hergeben, den kuchen, den sie trägt, die schlagsahne, das zuckerschälchen und die kaffeekanne. brigitte darf nicht helfen.

die mutti selbst und persönlich, die person mutter, trägt dies alles mit ihrer verheirateten tochter und enkelmutter hinein.
beim kaffee sprechen die frauen über den haushalt, die geräte dazu, die herbeischaffer des haushaltsgeldes und die kinder.
beim kaffee sprechen die männer über fußball, fußball, die arbeit, das geld, und über fußball.
die männer sprechen nicht über die frauen, weil die hier sind, ob sie jetzt drüber reden oder nicht.
die verheiratete heinzschwester schildert, wie es ist, neben sich einen kleinen atmenden kindeskörper zu fühlen, ein hilfloses kleines etwas, dieses, eine zeitlang werdende, und jetzt endlich gewordene leben, diesen säugling. so klein er ist, hat er sie doch endlich zur frau gemacht.
brigitte möchte gern auch erfahrungen austauschen. aber sie hat nichts zum tausch anzubieten.
die heinzschwester erzählt, wie man es macht, dem geliebten manne ein kind zu schenken. jetzt hat er es endlich das kindlein.
die schenkung ist durchgeführt.
es war ein begeisternder vorgang.
brigitte ist heimlich aus dem geschirrschrank, in dem sie geschirr gesucht hat, obwohl sie dort überhaupt nichts zu suchen hatte, herausgekrochen und hat sich der runde, in der sie nichts zu suchen hat, angeschlossen. bei jedem satz der heinzschwester nickt sie laut mit dem kopfe. als beispiel führt sie an, daß es jetzt noch schön ist, sich schicke kleider für heinz zu kaufen, um ihm zu gefallen, aber wie schön es erst einmal sein wird, wenn sie sich keine schicken kleider mehr kaufen muß, weil sie eine mutter geworden sein wird. wenn die schenkung von einem oder mehreren kindern vollzogen ist. das wird das ergebnis ihrer großen liebe sein, das kindlein.
wütender einspruch der andren, die grade noch so positiv über kinder und deren ausstoßung berichtet haben.
brigitte gibt an, daß so ein kleines wesen sie zu einer mutter einer mutter einer mutter machen würde, daß heinz mit babies nichts anfangen kann, weil er ein mann ist, daß sie mit babies viel anfangen kann, weil sie eine frau ist. heinz wird das baby später lieben lernen, brigitte wird es gleich und sofort lieben können.

heinz ist noch immer mehr für genuß und profit.
die heinzmutter ist noch immer mehr für einen ausbau des häuschens, damit es endlich eine ruhestätte für die kaputtgemachten bandscheiben geben wird. heinz ist heimlich für das altersheim, nachdem die fernfahrerersparnisse einzementiert worden sind. erst einmal muß man die ersparnisse eines vergänglichen lebens zu dauerhaftem beton verarbeiten. brigitte ist in jedem fall für heinz und für das, wofür heinz ist. so kommen sie natürlich nie auf einen grünen zweig, auf den sie kommen wollen.
im garten gibt es soviele grüne zweige, an denen sogar obst hängt. im garten gibt es auch schnittblumen, die man pflücken sollte, solange sie blühen.
in diesen fragen ist der vater von heinz eine autorität.
in wirklichkeit ekelt sich brigitte vor säuglingen. in wirklichkeit würde sie ihnen am liebsten die zarten fingerknöchelchen brechen, die hilflosen kleinen zehen mit bambussplittern spicken und der frischangekommenen hauptperson einen dreckigen fetzen statt des geliebten nuckelschnullers ins maul stecken, damit sie endlich einmal erfährt, was richtig schreien heißt.
wenn das die anwesenden ahnen könnten, was für eine wandlung zu einem unmenschen in brigitte vorgegangen ist.
vorläufig pinkelt jedoch der säugling von heinzens schwester der armen brigitte noch kräftig auf den kopf, mitten hinein in die frische haartönung, in die neue dauerhafte dauerwelle, was erneutes gelächter gibt. brigitte, die gerade ein versilbertes löffelchen aufhebt, steht auf, und ihre finger krallen sich automatisch zu vogelklauen, es sind finger, die für gewöhnlich um alles kämpfen müssen.
brigitte kann eine solche demütigung vor allen leuten gar nicht aushalten. ein mensch wie brigitte kann oft an kleinigkeiten schon zerbrechen.
es gibt viele große dinge, die schon geschehen sind, und brigitte auch nicht zerbrochen haben.
alle lachen über babys scherz, sogar der heinzvater, der kaum mehr was zu lachen hat. sogar die bandscheiben lachen heute mal mit. die frucht der liebe lacht am meisten. auch die liebe, die in der kleinen welt zuhause ist, lacht mit. brigittes

welt ist die kleine welt der liebe. sie patscht baby ab, brave frucht!
die heinzmutter scheucht brigitte in die küche zurück. das fehlt noch, daß die hilfsarbeiterin auch so eine frucht haben will, und womöglich noch von unsrem heinzbuben!
aus der ferne grüßt drohend das altersheim, von dem noch nie die rede war, das aber trotzdem vorhanden ist.
im richtigen moment wird es in erscheinung treten.
unsre zukunft machen wir uns selber, sagt die heinzmutter. dafür gehört sie uns aber auch, und nur uns selber. soll sie sich doch ihre eigene machen. unsre zukunft macht heinz, der sohn. unsre, seine, aber keine andre zukunft.
warum muß brigitte unbedingt soviel, ja geradezu das meiste, nämlich unsren buben wollen?
warum ist brigitte nicht überhaupt mit dem, was sie hat, zufrieden, nämlich mit nichts?
andre haben doch auch nichts, sind aber zufrieden.
wenn man zufrieden ist, dann wird doch sogar aus nichts etwas.
warum kann brigitte nicht mit dem nichts, das sie hat, zufrieden sein?
baby trampelt in brigittes wollhaar herum.
baby sticht mit seinen babyfingern in brigittes augen, ohren und nase umher.
alle lachen sehr, sogar der mürrische vater und der ehrgeizige heinz.
die hoffnung lacht mit, obwohl sie wieder um eine ärmer geworden ist.
die zukunft kann nicht lachen, weil sie noch nicht angekommen ist.
die gegenwart lacht nicht, weil sie zu schwer dazu ist.
brigittes arbeit lacht schon gar nicht, weil sie zu weit weg ist.
heut ist nämlich ein feiertag für alle!
brigitte macht gute miene zum bösen spiel und lacht herzhaft mit. dann geht sie sich waschen.
ihre zähne knirschen ganz laut vor haß.
vor soviel haß muß selbst die dauerhafteste liebe schweigen.
sie zieht sich erschrocken zurück.
soeben ist heinz von der liebe zur ernsten pflicht geworden.

vom vergnügen zur arbeit.
mit arbeit kennt sich brigitte sowieso besser aus.
die heinzschwester lacht am lautesten, weil sie in sicherheit ist. ihr kann nichts mehr geschehen, sie hats geschafft.
die heinzmutter lacht etwas gequält, weil brigitte noch immer nicht vor der besseren zukunft von heinz das feld geräumt hat.
weil brigitte noch immer am ball ist und es offensichtlich zu bleiben gedenkt.
das glück lacht ihnen allen zu.

doch eines tages

doch eines tages kam das, was aus einem menschen erst einen menschen macht, auch zu paula. wir haben lange genug drauf gewartet. an diesem tag ist es ihr plötzlich so vorgekommen, als ob sie vorher noch nicht richtig gelebt hätte.
denn: vorher war das leben nur arbeit, das haus, der haushalt, die freundinnen, arbeit, die arbeit zu hause und die arbeit in der schneiderei (erst in letzter zeit!) gewesen, ein falsches oder unvollständiges leben also. dies wird jetzt aber ausgelöscht, und die liebe ist da, und endlich ist sie gekommen, und endlich ist paula jetzt ein mensch.
die arbeit, das haus, der haushalt, die freundinnen, die arbeit, die arbeit zu hause und die arbeit in der schneiderei sind zwar noch immer da, die gehn nicht von selber, von einem tag zum andren, aber außerdem ist noch die liebe da, hurra, das wichtigste im menschl. leben und nun auch das wichtigste in paulas leben.
das nimmt sich paula ganz fest vor.
sie will auch alles richtig machen.
sie MUSS auch alles richtig machen, sonst ist die liebe gleich wieder weg, oder sie wird von der arbeit, dem haus, dem haushalt, den freundinnen, der arbeit, der arbeit zu hause und der arbeit in der schneiderei verdrängt, sodaß sie hoffnungslos ins hintertreffen geriete.
der haushalt wird ihr ja jedenfalls bleiben.

erich ist nämlich der schönste im dorf. erich ist zwar ein lediges kind mit drei weiteren geschwistern, die alle von einem andren vatter sind, was schlechte ausgangspositionen schafft, wie man weiß, aber er ist schön.
bildschön wie ein bild mit seinen schwarzen haaren und blauen augen, so recht zum verlieben.
erich wird auch von andren begehrt.
wenn es für einen mann auch nicht wichtig ist, daß er schön ist, was für eine frau doch sehr wichtig ist, ist es doch schön, wenn ein mann schön ist. erich hat auch einen interessanten beruf: er ist holzarbeiter. erichs beruf macht erich trotzdem keine freude, obwohl er sehr interessant ist, aber der forst braucht dennoch leute, daher: zum forst, erich, gleich nach der volksschule! erich läßt sich gerne brauchen.
das alles ist plötzlich völlig wurscht für paula. wichtig ist nur, daß die liebe endlich gekommen ist, und daß sie nicht zu einem häßlichen, abgearbeiteten, versoffenen, ausgemergelten, ordinären, gemeinen holzarbeiter und ihr, sondern zu einem schönen, abgearbeiteten, versoffenen, stämmigen, ordinären, gemeinen holzarbeiter und ihr gekommen ist. das macht das ganze zu etwas besondrem. die liebe an sich ist schon etwas besondres, gewiß, aber wie besonders muß sie erst sein, wenn die umstände gerade erich und paula für die liebe aussuchen. erich und paula gibt es nur einmal unter tausenden, vielleicht sogar unter millionen!
paula, die seit vielen jahren, eigentlich seit immer, auf diesen tag gewartet hat, bittet die liebe sofort herein und schenkt ihr eine gute tasse kaffee ein und legt ein großes stück kuchen dazu. sonst kommt erich, der für sie der inbegriff des männlichen war, noch bevor die liebe zugeschlagen hatte, und der für sie jetzt der inbegriff des männlichen überhaupt ist, weil die andren männer, die sie kennt, keine inbegriffe für irgendetwas sein könnten, höchstens für alkohol oder prügel oder harzgeruch, sonst kommt erich also niemals in ihre kleine wohnküche hinein. heute aber kommt erich, der inbegriff des männl. mannes, der inbegriff des alkoholismus, der prügel, die er seit frühester kindheit von mutta, der großmutta, dem stiefvater und den kollegen im holz gekriegt hat, heute also kommt erich in die wohnküche hinein. so klein, schäbig und

abgewohnt diese auch ist, so sauber ist es, daß man vom fußboden essen könnte. erich hat eine bestellung auszurichten, eine äußerst wichtige nachricht wegen der partie für morgen. der partieführer hat ihn geschickt. er tut sich schwer mit dem sprechen, so schwer wie er sich mit allem andren auch tut.
setz dich, erich. erich sagt: so klein, schäbig und abgewohnt eure küche auch ist, sosehr ist sie wie aus dem schachterl. tust wohl der mutta brav helfen, paula. brav!
paula strahlt über dieses lob wie ein pfingstochse im kriegsschmuck.
zu diesem zeitpunkt ist paula genau 15, erich dagegen 23 jahre alt. das ist wichtig, weil vorher alles anders war und danach auch alles ganz anders sein wird. halten wir diesen zeitpunkt fest! zu diesem zeitpunkt ist es zeit, daß paula noch nicht anfängt, ans heiraten zu denken. wenn paula ans heiraten denken würde, täte ihr der vatta das fleisch von den knochen schaben. wenn der erich ans heiraten denken täte, würden die großmutta, die mutta und der stiefvater sofort versuchen, ihm die seele aus dem leib zu hauen. UND WER MACHT DEINE ARBEIT? wer mäht und füttert und macht die streu? wer? und wer schleppt den trank für die schweine? wer???
und die mutta, die immer auswärts im dienst war, seit ihrem 14. lebensjahr, also ein jahr früher als paula jetzt ist, die immer in der bedienung war, in der kreisstadt, sogar in mehreren kreisstädtenkreisstädten, was ihr vier kinder, jedes von einem andren vati, ein hüftleiden, einen chronischen bronchialkatarrh, ein unglaublich häßliches zusammengedörrtes gesicht, einen runden rücken vom bodenaufwischen, zwei goldzähne! und ihren letzten mann, ihren einzigen mit ihr verheirateten ehemann, einen pensionierten bahnbeamten, eingetragen hat, ausgerechnet von dem sie kein kind hat, und der deswegen nur umso mehr auf sie schaut, doch davon später, die mutta also, die jetzt einwärts zu hause im dienst ist, rund um die uhr, deren rücken vom bodenaufwischen noch krummer wird, deren hüftleiden und bronchialkatarrh noch schlimmer wird als es je war, die es aber gern macht das schuften, es ist für den braven pensionisten und mann, der sie nie hätte heiraten müssen mit ihren 4 kindern, der sie auch nie geheiratet

hätte, wenn er kein pflegebedürftiger bösartiger asthmatiker gewesen wäre, diese mutta sagt endlich, nach einer pause des beredten schweigens: du kannst überhaupt nichts haben, wenn du aber etwas haben kannst, dann etwas BESSERES, erich. geh in die weitere umgebung hinaus, wie ich einmal hinausgegangen bin, was mir im leben sehr weitergeholfen hat, zu einem beamten mit pension nämlich, wenn der weg auch manchmal steil war und über falsche, schlechte männer und deren falschen, schlechten samen in mir drinnen geführt hat, geh deshalb erst recht weg von hier und dorthin, wo das bessere ist, nach dem du sowieso schon äußerlich aussiehst, dein vater war ja auch ein italiener, da kriegst du leicht eine frau mit kies, so wie du aussiehst mit deinen schwarzen ausländischen haaren, so siehst du besser aus als die inländischen mit ihren inländischen semmelblonden bis schmutzigbraunen haaren, wie du aussiehst, kriegst du leicht eine frau mit geld, eine, von denen man so oft hört, liest und sieht.
und das kommt dann auch uns zugute. weh dir, wenn das nicht auch uns zugute kommt!
deshalb nimm dir überhaupt keine, wenn du dir aber eine nehmen mußt, dann nimm dir keine von hier, nimm dir eine von woanders, wo es besser ist. aber du bist schließlich ein mann, du kannst auf dich aufpassen. du bist schließlich ein mann. schau nur, daß du keiner einen bankert machst, das kostet dich sonst unter bestimmten umständen ein vermögen und deine zukunft, erich. und wenn du machen mußt, dann mach wenigstens einer einen, die kies hat, einem sommergast beispielsweise. drum geh hinaus, nach auswärts, vielleicht sogar ins ausland, das es auch noch gibt, und von dem ich schon viele schöne farbfotos gesehen habe.
und daß du den vatta nicht beim mittagsschlaferl störst, das er bei seinem schweren asthma braucht, sonst kriegt er wieder einen erstickungsanfall, und wir haben es. und daß du mir den vatta nicht beim mittagsschlaf störst, er war nämlich bei der bahn, und das ist mehr, als irgendeiner hier je von sich wird behaupten können, sonst stirbt er mir noch unter den händen. ich trag ihm gleich seinen kaffee hinein, der ist dann schon da, wenn er aufwacht.
und daß du mir den vatta nicht beim mittagsschlaferl störst,

das er bei seinem schweren bronchialasthma braucht, denn er war bei der bahn, denn er ist zu schwach, um dich noch prügeln zu können, und ich bin auch zu schwach dazu.
du bist zwar rassig und schwarz, erich, aber das pulver hast du nicht erfunden. schau dir nachher trotzdem nochmal die fotos vom ausland an, das kann dir nicht schaden, auch wenn du sie nicht verstehst. so rassig und schwarz du bist, erich, so wenig hast du in deinem gehirn.
anschließend zieht sich erich den neuen pullover aus dem versandhauskatalog, die neuen bluejeans aus dem versandhauskatalog, das neue schneeweiße hemd aus dem versandhauskatalog und zuletzt das allerschönste aus dem versandhauskatalog: die gemusterte wolljacke aus schurwolle, an. erich, das lebendige versandhauspaket.
und wenn erich sich mit seinen dunklen augen eine zigarette anzündet, dann wirkt sie so, als ob sie schon immer in seinem gesichte gewesen wäre, als ob sie genau dorthin gehören würde, und nicht als fremdkörper in einem müden, schweißverklebten, zerfurchten gesicht mit semmelbraunen oder mausgrauen haaren darüber, wie man es jetzt so häufig sieht.
solange paula ein kind gewesen war, hatte erich sie nur wie ein kind behandelt. jetzt muß paula ihm klarmachen, daß sie kein kind mehr ist, sondern schon eine richtige frau.
wir waren irgendwann einmal bei der stelle, wie erich in die wohnküche der paulaeltern hineinkommt, die weiße zigarette im braunen gesicht, darüber die pechschwarzen haare und augen, eine fremdartige, gefährliche gestalt wie ein panther, ein wenig wie ein panther.
paula hat einmal über bestimmte männer gelesen, die in einer gewohnten umgebung wie die panther in einem dschungel gewirkt haben.
fremdartig, gefährlich und angenehm fürs auge und herz.
sie hätte nie geglaubt, daß sie selbst in ihrer gewohnten wohnküche einmal einen mann haben würde, der dort wie ein gefährlicher panther in einem gefährlichen dschungel wirken würde. wenn aber einer das könnte, dann erich, der panther.
gleich sucht paula in der wochenendzeitschrift die stelle mit dem panther, da ist sie ja!
paula hat auch englisch gelernt. sie war die beste in englisch

und rechnen. und auch gut in den andren fächern. das nützt ihr aber jetzt nichts.
erich hat die schule nicht fertiggemacht, was nichts macht. weil er wie ein schönes raubtier ist: ein panther.
paula weiß, daß erich alles ist. also muß sie selber viel mehr werden, sonst kommt ihr ein andres mehr oder gar ein sehrviel zuvor. aber wie? aber wie?
das nichts paula schießt herum wie eine rakete, zickzack, macht kaffee, holt den guglhupf, der eigentlich für den vatta und den gerald berechnet und daher versteckt war. die volle breitseite der beiden enttäuschten männer wird paula zwar noch vor tagesablauf treffen, doch der kuchen wird dann schon in erichs leibe sein. paula rast herum wie eine biene. erich versucht in seiner schwerfälligen langsamen art zu erklären, daß paula schon eine richtige kleine hausfrau ist.
paula hat einmal die bessere schneiderei der schlechteren hausarbeit vorgezogen. nun plustert sie sich plötzlich auf wie eine wildtaube, gurrt herum, sträubt ihr gefieder, putzt sich, senkt die augendeckel und schleppt heran, was in ihrer reichweite liegt, außer dem weihwasserkessel ist vieles für erich verwertbar.
erich ist ein guter futterverwerter. er ißt, bis ihm schlecht wird. erich interessiert sich nur für motore, und zwar für solche, die in ein moped oder, noch besser, in ein motorrad eingebaut sind. erich möchte so schrecklich gerne den führerschein machen, damit er sich auch für stärkere motore, denen seine ganze heimliche liebe gilt, nämlich für sportautos, etc., interessieren darf. er ist aber schon dreimal durch die führerscheinprüfung geflogen.
es ist möglich, daß ihm seine familie übereinstimmend seit seiner frühesten jugend systematisch das motorenzentrum im kopf kaputtgehauen hat, irreparabel.
nie mehr wird erich uneingeschränkt glücklich sein können. immer wird erichs glück eingeschränkt bleiben.
paula hingegen wird überhaupt kein glück haben.
erich interessiert sich nur wenig für das kino, für das sich paula sehr interessiert, weil ihm dort alles zu schnell geht.
auch die weiblichen sommergäste sind so schnell wieder davongeflogen in eine ungewisse ferne.

die ferne ist gefährlich, die nähe ist vertraut, man kann sie richtig liebgewinnen. in erichs nähe befindet sich nichts, das er liebgewinnen könnte. in erichs nähe befindet sich nur paula.
wenn erich die wahl zwischen paula und einem motorrad hätte, würde er das motorrad nehmen. selbst mit einem motorrad fährt erich nur bis ins nachbardorf und nicht weiter, in eine entferntere ferne.
paula schöpft rahm ab, damit ein schlagobers daraus wird.
die frauen in paulas familie sind berühmt für ihre sauberkeit. sonst ist nichts positives über die frauen in paulas familie zu berichten. dafür lohnt es sich zu leben, das kann man immer noch verbessern: die sauberkeit. auf, paula, zur säuberung!
der langsame erich sitzt auf der sitzbank und frißt für drei. alles, was zu haus nur der vatta kriegt. er stopft den kuchen in den rachen wie ein firmling, schüttet kaffee drüber und schnaps aus dem geheimfach. der langsame erich wuchert wie eine pflanze über die sitzbank und auf der sitzbank herum, frißt und frißt, und denkt doch an nichts andres als an seine motore, an sein moped, das so unheimlich schnell fahren kann, vor allem, wenn er was getrunken hat.
er versteht aber die zusammensetzung noch immer nicht, weil die teile so kompliziert zusammenhängen.
trotzdem träumt erich von einer noch viel schnelleren maschine, von dem gefühl des fahrens, der geschwindigkeit des fahrens, von einem supermotor, aber wenn an dem scheißmoped nur eine kleinigkeit hin ist, dann muß er gleich zu seinem freund gehn, der ist ein experte, der ist zwar auch im holz, aber ein genie im holz, der richtet es ihm dann für ein paar bier. ein talent, das im holz brachliegt.
am liebsten würde erich sein moped auseinanderbauen und daraus einen rennwagen wieder zusammenbauen.
erich ißt kuchen, es ist wie am sonntag für seinen vatta, erich denkt an sein moped, das er hat, an sein motorrad, das er einmal haben wird, damit er dann an ein auto denken kann. und an das auto, an das denkt er, damit er einmal, irgendwann einmal in der zukunft, an ein sportauto denken kann, über das er schon jetzt sehr viel lesen und bilder anschauen kann.
ist die liebe heute zu paula trotzdem oder gerade deswegen

gekommen? paula sagt zur liebe, sie soll sich hinsetzen, gleich kriegt sie auch einen milchkaffee. aber die liebe setzt sich nicht folgsam hin, sie krallt sich an paula fest, wie soll das noch enden? fragt sich paula, fragt sich aber nicht erich, der motornarr. hoffentlich im besseren leben, hofft paula wie schon so oft. hoffentlich möglichst schnell möglichst weit weg, hofft erich, und das bestimmt nicht zu fuß, hofft erich.

war das wieder ein schöner beischlaf!

ja, das war wieder ein schöner beischlaf, findet heinz. er wischt sich den mund ab, kämmt sein haar, putzt die augenbrauen, die ohren innen, die nase, wäscht sich die hände, trinkt seinen frühstückskaffee und geht aus dem haus, um seinen beruf auszuüben. gleich, wie er aus dem haus kommt, geht er in den streß des berufslebens hinein, in die geheimnisvolle welt der drähte, von denen brigitte nichts versteht.
inzwischen geht brigitte ihrer bestimmung als frau nach, die leichter und einfacher ist als die bestimmung als mann.
sie macht ihren spind auf, zieht rock und pulli aus und streift dafür einen baumwollschürzenkittel über, welcher bunt und adrett und dazu da ist, die arbeitsatmosphäre zu verbessern, ein wenig farbe in das trostlose grau und schwarz der maschinen zu bringen. lustige farbtupfer: sonnenstrahlen. nachdem brigitte die arbeitsatmosphäre verbessert und ihren eigenen zustand dabei verschlechtert hat, schlüpft sie in die gesunden fußgesundheitsholzsandalen, damit der fuß bei der arbeit gesund bleibt und nicht krank wird wie es manche füße werden. aber brigittes nicht, da baut sie vor.
wenn man das wissen um wissenschaftliche dinge wie gesundheit hat, dann kann man vieles verhindern, sogar krankheiten.
auch alle andren kolleginnen tragen diese sandalen, sie tun auch etwas für die gesundheit ihrer füße. die holzsandale ist beliebt in dieser runde.
und schon hat brigittes dienst am band begonnen, bevor sie richtig schauen kann. der dienst am band beläßt brigitte ihre

weiblichkeit, weil es ein weiblicher betrieb mit durchwegs weiblichen angestellten (arbeiterinnen) ist, daher ist es nicht schwer, die sauberkeit aufrechtzuerhalten. das einzige männliche sind die höheren posten, die man nicht sieht, und die die weibliche sauberkeit also nicht stören können.
in durchwegs männl. betrieben liegt schon mal etwas häßliches am boden umher, ohne daß gleich wer was dagegen unternimmt. in diesem büstenhalterbetrieb liegen nur hübsche dinge am boden, manchmal ein stück spitze, ein lachsrosa band, doch sogar das wird gleich eliminiert.
eigentlich liegt überhaupt nie etwas am boden. und erst die tische in der kantine! auch hier überall der vorteil der sauberkeit: so sauber, daß man darauf essen könnte! die frauen und mädchen eifern darin wett, wer zuerst ein stück schmutzstaub oder einen fleck entdeckt, schon ist er vermieden der fleck, manchmal ist er schon vermieden, bevor er überhaupt hergestellt worden ist.
manchmal kommt es so weit, daß ein kaffeefleck von der weißen resopalplatte entfernt werden muß, davon sind hinterher alle befriedigt.
wenn zufällig ein leitender angestellter durchgeht, der aber nie durchgeht, dann hat der fleck längst sein junges leben ausgehaucht.
auch eine chefsekretärin, die zufällig durchgeht, soll keinen fleck sehen dürfen, weil sie sich mit flecken auskennt, aber nie selber welche zu machen scheint.
sekretärinnen haben oft ein hobby. dazu gehört reisen, tanzen, wandern, kino oder handarbeiten.
die männer, die die näherinnen kennen, interessieren sich leider außer für ihre arbeit nur dafür, wie sie sich von dieser arbeit erholen können. sie haben keine hobbies. sie haben oft schlechte hobbies, in die sie die familie nicht mit einbeziehen.
vom verkaufsleiter, vom prokuristen, vom werbeleiter und vom techn. direktor weiß man nicht, wofür sie sich interessieren.
man weiß auch nicht genau, was sie arbeiten. die herren sind nicht von hier.
am büstenhalterband kann man nur schwer büstenhalterband-

fremde interessen haben, weil man oft nicht weiß, welche interessen überhaupt existieren. man weiß nur, daß einer oder mehrere interesse daran haben, daß das büstenhalterband läuft.
selbst, wenn man weiß, daß etwas andres als die arbeit und die männl. arbeiter da sind, dann muß man noch erst auf die idee kommen, daß das andre, das es gibt, auch für einen selbst und nicht nur ständig für die andren da sein könnte.
brigitte jedenfalls hat als eine der wenigen begriffen, daß es etwas gibt, das über die arbeit weit hinausreicht. brigitte hat durch zufall erkannt, daß es mehr gibt als nur arbeit, viel mehr, nämlich: HEINZ.
durch zufall also hat brigitte erkannt, daß es außer der arbeit, die sie nicht will, den kolleginnen, die sie nicht leiden kann, weil sie doch eigentlich keine von ihnen mehr ist, die sie deshalb schon gar nicht leiden kann, weil die kolleginnen sie noch immer für eine der ihren halten, was sie längst nicht mehr ist, dank heinz, dem besseren, dem besten schlechthin, durch zufall also hat brigitte erkannt, daß es im leben außer arbeit, arbeit, umziehen zur arbeit, kaffeekochen, arbeit etc. auch noch den einen und einzigen gibt, der ihr das alles gründlich vergiftet und verleidet hat, durch zufall hat brigitte HEINZ erkannt. heinz und die folgen.
das bessere – heinz – kann man nur durch zufall erkennen, wenn man in brigittes völlig verfahrener situation am band sitzt.
das bessere – heinz – kann man nur durch einen unwahrscheinlichen zufall auch noch bekommen, wenn man in brigittes verfahrener situation am band sitzt.
wird der zufall brigitte gnädig sein?
während brigitte die zehen in ihren gesunden gesundheitssandalen bewegt, um selbst diese für heinz gesund und frisch zu erhalten, sieht sie aus luftiger höhe auf ihre mitnäherinnen herab, im geist schon durch eine uneinholbare entfernung von ihnen getrennt: brigitte die geschäftsfrau.
die andren, die die geschäfte nur von innen sehen und nur dann, wenn sie babyfutter für ihre brut oder eine dauerwurst für ihre männer kaufen.
brigitte, die das geschäft durch heinz besitzen wird, weiß, wie besitz drücken, aber auch erfreuen kann. jedenfalls wird brigitte dann wissen, für wen sie sich abrackern wird, nämlich

für sich selber und heinz und nicht für eine fremde anonyme unfreundliche masse wie hier.
etwas eigenes ist etwas eigenes.
so weit, so wahnsinnig weit können die gedanken brigittes unter umständen wegschweifen!
heinz denkt an alles mögliche, am wenigstens jedoch an brigitte.
heinz denkt an die gleichen sachen wie brigitte, nämlich an sein eigenes geschäft.
heinz hofft, daß das mit brigitte keine folgen haben wird. wenn heinz an brigitte denkt, dann nicht an sie selber, sondern an die möglichen folgen. heinz wägt b. gegen ihre folgen ab.
brigitte hofft, daß das mit heinz folgen haben wird, folgen haben MUSS.
ein kindchen muß her! ein ekelhafter, weißer, krallender engerlingssäugling. für heinz wird es schlicht und prägnant: unser kind! sein. es soll das dauerhafte band verkörpern, nach dem b. sucht.
heinz sucht jedes dauerhafte band mit allen mitteln zu verhindern. für heinz wäre ein baby ein klotz am bein, ein hemmschuh, ein prellbock für seine vielversprechende entwicklung in richtung: unternehmer.
brigitte will es in sich hineinkriegen und, daß es dann auch drinnenbleibt und nicht wieder ungenützt, sinnlos und zukunftslos herausrinnt. brigitte will, daß heinz abdrückt und ihr den extrakt aus dem rindsbraten und den semmelknödeln von heute mittag hineinschießt. jetzt muß dieser schlatzige mist doch endlich hineingespritzt und drinnen sein, aber nein, gut ding braucht weile, und heinz braucht auch weile.
ja, schon in einer sekunde, wer hätte das gedacht, ist ein neues menschlein gemacht.
nimm dir zeit und nicht das leben, oder: immer mit der ruhe, in der ruhe liegt die kraft, entgegnet heinz gutaufgelegt der drängelnden brigitte. heinz bleibt in ruhe und mit all seiner körperfülle auf brigitte liegen und macht erst mal pause. seine last ist schwer, er macht sie um nichts leichter.
brigitte fühlt den schwammigen heinzbauch auf sich herunterdrücken, nichts deutet darauf hin, daß noch leben in diesem koloß ist.

heinz ist nicht gerade der leichteste, doch das bedenkt er nicht. soll ich ihn in die weichen treten wie ein pferd, durchzuckt es b. flüchtig.
heinz möchte natürlich die wenigen guten augenblicke, die man mit brigitte haben kann, so lange wie möglich verlängern. so schnell schießen die preußen nicht, so schnell schießt heinz auch nicht ab.
immer hat heinz eine schlagfertige antwort parat.
brigitte denkt, während wieder langsam leben und bewegung in heinz kommt, an ihre zukunft. die zukunft soll von der ekelerregenden gegenwart ablenken. brigitte will, daß heinz schneller machen soll, weil die zukunft vielleicht nicht mehr lange warten kann. das vorspiel soll endlich aus sein, damit die hauptsache, der stammhalter, anfangen kann.
heinz grunzt und wälzt sich.
was er da macht, ist nicht als ein vorspiel für brigitte gedacht, sondern heinz muß sich erst einarbeiten, bevor es in die endrunde geht.
an ein vorspiel, daß b. spaß machen soll, hat heinz nie gedacht.
jetzt startet heinz erst richtig, der motor ist endlich warm.
jetzt will heinz, der ein augenblicksmensch ist, seinen spaß haben.
heinz rammelt los, daß seine eingeweide in der bauchhöhle ins schleudern geraten.
das ist so sein temperament.
brigitte will lieber erst später, dafür aber umso dauerhafter ihren spaß haben.
die liebe vergeht, doch das LEBEN besteht.

nur die liebe läßt uns leben!

paula sieht, wie man diesen voreiligen worten entnehmen kann, nicht nur in der besseren schneiderei eine möglichkeit zu überleben, sondern paula sieht nun auch in der liebe eine möglichkeit zu LEBEN. es kommt ihr vor, als müßte sie eine große strecke mit den andren um die wette rennen, eine strecke, auf der lauter löcher im boden sind, und alle mitein-

ander fallen sie in die löcher hinein und sind weg, wie beim billard: ihre schwestern mit ihren kindern und den kaputten fingern, ihr bruder, der auch bald kinder und schon jetzt kaputte finger hat, die mutta vom erich, die besonders viele kinder hat, und bei der es ein wunder ist, daß überhaupt noch finger vorhanden sind, alle fallen sie in die löcher hinein und verschwinden von der bildfläche, auf der sich die wirklichkeit abspielt.
aber sie, paula, sie weicht den löchern bravourös aus! am ende des wegs folgt der fall in die arme von erich und das geläute von kirchenglocken.
ende der schneiderei, anfang des wirklichsten lebens wie es wirklicher keines gibt. an das sterben braucht man noch lange nicht zu denken, weil der tod noch lange nicht kommt, wenn das leben wirklich und richtig ist. nur wenn man ein unwirkliches und unrichtiges leben lebt wie die mutta oder der vatter, die nur geboren werden, zu schuften anfangen und dann gleich absterben, ohne die wirklichkeit des wirklichen lebens verspürt zu haben, nur wenn man dieses unrichtige und unwirkliche leben führt, dieses leben der arbeit, von dem man nichts hat, dann stirbt man einen wirklichen und nachhaltigen tod. so schnell geht das manchmal, daß man am ende glaubt, es war gar nichts.
paula betrachtet die schneiderei plötzlich als ihre natürliche feindin. zum glück hat sie sich mit ihr noch nicht so fest und untrennbar eingelassen, daß sie an ihr klebenbleiben müßte. zum glück ist die schneiderei etwas, das man jederzeit über bord werfen kann. zum glück klammert sich die schneiderei nicht an den hals oder hängt sich sonstwo dran und läßt nicht los, wie es uneinsichtige menschen manchmal tun, wie es paula bei erich machen möchte. zum glück ist die schneiderei nicht ALLES, sondern die liebe und ein eigenes häuschen, das man bauen muß.
paula will erich, den sie bekommen wird, dessen kind sie bekommen wird, worauf sie ihren beruf weggeben wird, um noch weitere kinder erichs, d.h. ein weiteres kind erichs zu bekommen.
paula wird nichts geschenkt bekommen.
bevor paula etwas geschenkt kriegt, verliert sie eher alles.

paula wird dann auch ein auto bekommen, wofür erich sie selbst bekommen wird, was nicht viel ist, was erich aber nicht wissen darf, der glauben soll, daß es das meiste ist, was er kriegen kann.
man muß ihn selbstverständlich ein wenig ändern, bis das glück endlich kommen kann und seinen einzug halten: das trinken soll erich ganz aufgeben, weil das das schlimmste ist, weil es die weißlackierten küchenmöbel und das neue nußbaumschlafzimmer persönlich betrifft und angeht. alkohol und neue möbel, das sind natürliche gegner von natur aus. auch alkohol und adrette schürzenkleider, die nicht bekotzt werden sollten, weiße schuhe, die wie echtes leder aussehen, aber keins sind, und trotzdem nicht bekotzt werden dürfen, kinder in bunten kleidchen, topfpflanzen, der fernseher mit den künstlichen blumen in der künstlichen blumenvase, das alles und alkohol, vorhänge aus durchsichtiger kunstfaser und alkohol, bügelfreie textilien und alkohol, das sind einfach feinde in der natur, wo sie sich begegnen. feinde.
alle weißen und weichen dinge passen in paulas kopf zusammen, der alkohol paßt nicht dazu. alkohol stört und zerstört.
nun darf man aber über die zukunft die gegenwart nicht vergessen. man darf aber (schwerer fehler!) über die gegenwart natürlich die zukunft nicht ganz außer auges lassen.
die gegenwart paulas ist nicht mehr die schneiderei, die gegenwart paulas ist ihre liebe zu erich, die auch noch für die ganze zukunft ausreichen wird.
da die liebe also das wirkliche leben ist, muß sich paulas unwirkliches gegenwärtiges leben so verändern, daß es wirklich und voller liebe wird. so macht man das:
du hast doch schon oft, erich, im kino gesehen, daß zwischen außergewöhnlichen personen außergewöhnliche dinge wie zum beispiel eine außergewöhnliche liebe entstehen kann. wir müssen also nur außergewöhnlich sein und schauen, was passiert. gewöhnlich sind die leute rundherum, die nichts als arbeiten und arbeiten. außergewöhnlich sind wir, die wir nichts als arbeiten, aber uns auch noch lieben dabei. wir müssen nicht mehr nach dem außergewöhnlichen suchen, weil wir es schon haben: unsre liebe.

diese kommt manchmal nur ein einziges mal im leben. wenn man sie nicht mit beiden händen ergreift, dann wird man sehr unglücklich, wenn man z. b. die geliebte frau oder den geliebten mann in die fremde in die irre gehen läßt. die liebe ist eine ausnahme zu dem, was man sonst erlebt und hat, bei der arbeit oder zuhause.
wir haben doch sonst nichts.
aber die liebe, die haben wir. halte also das glück fest!
erich denkt in diesem augenblick wie in so vielen andren vorher an den verteilerkopf, den vergaser und den auspuff, die er sowieso nicht auseinanderhalten kann, anschließend denkt erich gleich ohne pause, obwohl es anstrengend ist, an das äußerliche des ganzen: an die karosserie, an das lenken und das fahren.
paula denkt jedoch für zwei und gleich weiter, quasi in fortsetzungen, nicht mehr an die liebe und das, was sich dabei im körper abspielt bzw. verändert, sondern an die neue wohnung, die kinder und die jause mit kaffee und schlag für die ANDREN, denen man etwas ZEIGEN muß.
manchmal (selten) denkt erich auch an die kompliziert geschriebenen hefte über den vergangenen weltkrieg. von vielen geschehnissen dort drinnen weiß man vielfach heute gar nichts mehr. der atem der geschichte weht erich an. selten denkt erich an frauen.
niemals denkt erich an paula, wenn er nicht muß, weil sie gerade da ist.
paula denkt an ihren kuschelweichen sohn. paula denkt an ein weißes spitalszimmer. paula denkt an ihre alte familie, die in paulas neuem leben höchstens noch in ein spitalszimmer paßt, als besucher und in den allerbesten sonntagskleidern. das schönste, an das paula denken kann, ist, wie ihre familie die prügel bereuen wird, die sie ihr in einem schlechteren leben gegeben hat.
wenn die fotografien gemacht worden sein werden, wird die familie das spitalszimmer wie ein mann wieder verlassen. anschließend wird erich rote rosen überreichen, was kein traum und kein schaum sein wird, sondern ein traum, der wahr wurde.
natürlich wird auch ein neid dabeisein und gratulieren.

wie wir sehen, besteht also zwischen paulas gegenwart und paulas zukunft, sowie zwischen erichs gegenwart und erichs zukunft, sowie zwischen paulas gegenwart und erichs gegenwart, sowie zwischen paulas zukunft und erichs zukunft ein großer unterschied, ein noch größerer besteht allerdings zwischen paulas gegenwart und erichs zukunft, und zwischen erichs gegenwart und paulas zukunft.
wie kann man diese ereignisse von weltgeltung einander angleichen?
da beginnt die arbeit, die einer leisten muß, und die der andre sich dann aneignet. da beginnt die arbeit, die der andre leisten muß, und die der eine sich dann aneignet. denn daß beide gleichzeitig arbeiten und dann gleichermaßen den nutzen davon haben, das kommt in diesem falle nicht in betracht. zu verschieden sind die standpunkte, zu ungleich verteilt die vorteile und nachteile, zu sehr ist erich auf grund seiner körperlichen vorzüge und seines geschlechts im vorteil. das beruht auf erichs körperkraft und aussehen, das vor allem von frauen, welche ausgewählt werden, bewundert wird.
erich ist etwas wie paulas vater oder paulas bruder oder paulas schwager, etwas, das prügel austeilt und sich besäuft, wenn er bis jetzt auch kaum gelegenheit dazu hatte, weil er bis jetzt selber nur geprügelt worden ist; wenn er aber jetzt bald eine gelegenheit dazu bekommen wird, eine frau nämlich, was er noch nicht weiß.
prügeln macht spaß, was erich noch nicht weiß.
paula dagegen. paula dagegen hat alle nachteile ihres aussehens und ihres geschlechts zu tragen. paula gilt nicht als hübsch, als was eine frau gelten muß, sie gilt aber als rein.
sauberkeit und reinheit können einen weiblichen menschen aufwerten, müssen aber nicht.
während die schneiderei überflüssig ist, nicht hierher gehört, gar nicht hätte auftreten müssen, sowieso bald wieder in der versenkung verschwinden wird, nicht mehr zählen wird, während diese schneiderei völlig unwesentlich ist, verglichen mit dem leben und der liebe darin, während diese schneiderei überhaupt keinen sinn hat, keinen mann ersetzen und eine frau nicht auf einen mann vorbereiten kann, einer frau nichts nützt, wenn sie schon einen mann hat und keinen mann

bringt, wenn sie einen braucht, während diese schneiderei nicht GLÜCKLICH macht, was nur ein mann macht.
paula wird dadurch nicht mehr wert, daß sie schneiderei lernt. aber dadurch, daß sie immer sauber ist, dadurch kann sie mehr werden, beinahe hübsch, was man sein muß, um die liebe zu erleben.
die schneiderei hätte paula spaß gemacht, aber die wirklichkeit ist ja ernst.
erichs männlichkeit, schönheit und sein verdienst als holzarbeiter gegen paulas weiblichkeit, häßlichkeit, aber sauberkeit. und gegen paulas lehrlingsgeld. erichs liebe zu schnellen motoren jeder art gegen paulas liebe zu erich. erichs liebe zum alkohol gegen paulas liebe zu erich. erichs liebe zu den abenteuern des zweiten weltkriegs gegen paulas liebe zu erich. erichs liebe zu schnellen motorrädern und sportwagen gegen paulas liebe zu erich und einem eigenheim. erichs vorliebe fürs schnelle gegen paulas vorliebe fürs leben und für erich. beides ist eins für paula.
das leben und erich.

beim spazierengehen faßt brigitte

liebevoll-besitzergreifend die hand von heinz. in jeder freien minute, die nicht zufällig der arbeit gehört, versucht brigitte, liebevoll-demonstrativ die hand von heinz zu ergreifen, manchmal muß sie stundenlang neben ihm herrennen, damit sie einmal die chance bekommt, hand zu geben. dann aber gründlich, gerade, daß sie keinen kuß draufdrückt.
das handergreifen ist vor allem dann wichtig, wenn andre frauen gegenwärtig und zur fleischgewordenen gefahr erstarrt auftauchen. schüchtern stiehlt sich dann eine kleine hand in heinzens große und spricht vom wetter, der situation der welt oder vom essen oder von der natur.
heinz tut manchmal direkt so, als ob er und brigitte nicht ein mensch wären, was sie aber sind. sehen denn diese frauen nicht, daß wir in wirklichkeit eins sind, eins geworden sind, untrennbar, fragt brigitte verwundert, wenn andre frauen

heinz als einen eigenen körper mit einem eigenen geist ansehen.
wenn andre frauen heinz als etwas betrachten, das man noch bekommen könnte, wo er doch nicht mehr zu haben ist, weil schon brigitte ihn hat, dann sind diese andren frauen im unrecht und auf dem holzweg. jedem das seine.
eine freizeit ohne heinz wäre keine freizeit. die arbeit ohne heinz ist voller gefahren für heinz und für brigitte. die arbeit ohne heinz ist nichts als ein hindernis vor heinz.
es ist unglaublich, wie sehr man jemand hassen kann. brigitte braucht heinz nur anzuschauen und schon haßt sie ihn wieder.
brigitte haßt heinz unter vielem andren auch deshalb, weil er immer dann ein körperliches gefühl für brigitte in sich hochkommen läßt, wenn gitti gerade von ihren seelischen problemen, die ein kleines häuschen mit garten nach sich ziehen, plaudern möchte. immer dann, wenn brigitte ihr innerstes nach außen stülpen möchte und dabei den ganzen käse von glück, zukunft, säuglingspflege und waschmaschinen herausspeit, dann verhält sich heinz so, als ob er kein hirn hätte, sondern nur einen schwanz.
heinz wird doch in brigitte nicht nur einen körper sehen und nicht die ganze vielfalt, die dahintersteckt?
brigitte hat sogar schon kriege und intern. krisen bemüht, um zu erläutern, daß ein mensch einen andren haben muß, der ihm darüber wieder hinweghilft.
mein gott, wie ich dich dafür hasse, denkt b.
heinz ist froh, endlich einen menschen zum rammeln gefunden zu haben. kaum wird heinz des menschen brigitte ansichtig, schon knöpft er sich auf und geht in startposition. während ihm brigitte noch erklärt, daß sie ihn liebt und gleichzeitig etwas wie hochachtung vor seinem beruflichen erfolg empfindet, während brigitte noch ihre gedanken von liebe und achtung bis zu hochzeit und hausrenovierung schweifen läßt, ehe sie sich noch vorsehen kann, schon hat sie den rammler heinz an ihrem leibe hängen wie einen blutegel.
und heinz betätigt fleißig seinen pumpenschwengel.
brigittes mutter gibt den guten rat, brigitte soll nicht mehr loslassen. während sich brigittes magen um und umdreht, läßt

heinz nicht mehr los, krallt sich fest, haucht fauligen schlechtezähneatem in gittis empfindliche nase und sprüht speicheltröpfchen freigiebig über die vor ekel zusammengekniffenen augendeckel.
ja, heinz ist gekommen, mit allen wünschen und forderungen, die so ein heinz mit sich bringt.
die mutti ist ins kino gegangen, und hereintritt heinz, und sein schwanz züngelt auf brigitte los.
brigitte wünscht ihm einen ringelschwanz, mit dem hätte heinz sicher viel kummer. vorläufig hat brigitte viel kummer.
brigitte kommt nicht auf die idee zu sagen laß mich in ruhe.
brigitte weiß, es gibt so viele frauen, die sich eine fremde, ihre, brigittes zukunft zu einer eigenen machen möchten.
daher macht sich brigitte lieber selbst zu verlängerten gliedmaßen von heinz, zu einem teil vom heinzkörper.
kaum schießt heinz zur türe herein, schon zielt er auf das sofa, noch ehe er den pullover ausgezogen hat, schon hechtet er blindlings los, brigitte fängt den ansturm mit ihrem leibe auf.
vielleicht hat heinz einmal soviel schwung, daß er durch brigitte einfach hindurch und auf der andren seite durch die mauer rast. heute hat heinz gerade nur soviel schwung, daß er ihn brigitte gekonnt hineinplaciert. es ist eine meisterleistung an präzision. es ist eine qual für brigitte.
brigitte traut sich nicht einmal sagen, ob sie hunger oder durst hat. wenn heinz dann später hunger hat, hat auch brigitte das, ein einziger körper mit allen konsequenzen. heinz und brigitte sind eins.
eine erfreuliche situation für zwei junge leute.
brigitte haßt heinz sehr glühend.
in einer der zahlreichen leidenschaftlichen situationen, die heinz heraufbeschwört, ohne zu überlegen, wie ekelhaft diese für brigitte sein könnten, könnte doch brigitte statt ihrer möse zum beispiel einen sack hinhalten, in dem innen lauter lange stacheln sind, und heinz hasenhüpft hinein, ho ruck, arbeitet sich ran mit gezücktem schweif, und nichts wie rein! los, rin in die stacheln oder nägel! das wäre bestimmt kein vergnügen, wie hilflos dann die beine von h. in der luft herumstochern würden!

brigitte muß schmunzeln bei dieser vorstellung.
heinz weiß nicht, warum b. das komisch findet, wenn er sich auf sie herniedersenkt wie eine sonnenfinsternis oder andre naturkatastrophe.
b. läßt heinz in dem glauben von der naturgewalt.
b. stöhnt entsetzlich und zum steinerweichen. ursache: h. naturgewalt.
brigitte fühlt nichts als ein seltsames unangenehmes schaben in sich. brigitte fühlt die liebe in sich.
heinz stöhnt auch, damit brigitte sieht, wie er sich für sie anstrengt und wie stark er ist.
heinz stöhnt vor kraft, aber nicht vor liebe.
in der liebe versteht heinz wenig spaß, in der kraft gar keinen.
wenn man ein eigenes geschäft aufmachen will, ist man nämlich ganz auf sich allein gestellt, höchstens, daß einer noch anfangs (start-)kapital beisteuert.
in der liebe versteht brigitte keinen spaß. es ist das ernsteste, was sie, so ganz ohne startkapital, für ihr eigenes geschäft tun kann.
brigitte und heinz stöhnen zweistimmig vor liebe.
brigitte hat dabei ein unangenehmes, heinz ein angenehmes gefühl im körper.
der körper zählt für brigitte als mittel zum besseren zweck.
der körper zählt für heinz viel, nämlich das meiste außer seinem beruflichen fortkommen. und gutes essen!
heinz macht das spaß, brigitte keinen.
heinz hat spaß, obwohl er dabei keinen spaß versteht.
brigitte hat nichts davon außer einer vagen hoffnung. brigitte hat außerdem eine vagina. davon macht sie gebrauch. gierig schnappt brigittes vagina nach dem jungen unternehmer.
zwischen brigitte und heinz ist eine körperliche vereinigung in gange. brigitte sagt, mit dir ist es so schön, daß man sterben möchte. heinz ist sehr stolz auf diesen satz, er wiederholt ihn oft und oft im freundeskreis.
mit dir ist es so schön, heinz, daß man sterben könnte. bei der arbeit jedenfalls möchte ich nicht sterben, heinz, wenn schon, dann wenigstens vorher.

paulas vorlieben

paulas vorliebe fürs leben und für erich. beides ist eins für paula. also hinein in beides!
jedoch als erich endlich die saubere wohnküche von paulas eltern verläßt, motore im herzen, guglhupf und schnaps im magen, nichts im kopf drinnen, weil er alles ausgerichtet hat, was er hatte ausrichten sollen, da hat er keinerlei erinnerung an eine lebende person, an paula, sondern nur eine verschwommene erinnerung an eine frau, die das mit ihm gemacht hat, was frauen immer mit ihm gemacht haben, nämlich ihm zu essen gegeben, ihm zu essen gegeben, ihm zu essen gegeben, und ihn vorn und hinten bedient wie eine heiligenstatue, der man blumentöpfe hinstellt. daher keine erinnerung an irgendeinen menschen, sondern nur eine erinnerung an die auswirkungen dieses menschen, nämlich angenehme wärme im magen vom schnaps und ein süßes völlegefühl, ebenfalls im magen, vom kuchen. und der kaffee war auch nicht schlecht, echte bohnen.
das alles ist für erich ganz getrennt von dem, was er mit den weibl. sommergästen immer macht, die für ihn schon viel mehr wirkliche, lebendige personen sind, weil sie sich dauernd unter vielen verschiedenen möglichkeiten entscheiden können, z. b. ob man zum wasserfall fährt oder in die berge hinauf, oder ob man tanzen geht oder kegeln. soviel freie entscheidung macht erich angst.
diese sommergäste sind aber eine ganz andre art frauen oder sie sind frauen, und die mutta und die paula sind vielleicht gar keine frauen oder umgekehrt, eine ganz andre art von frauen ist das also, die einem nicht dauernd was zustecken, die nicht für einen sorgen, die aber selber was reingesteckt kriegen wollen, die aber trotzdem oft geld haben, aber keine frauen zum heiraten sind, wie viele vom hörensagen sagen.
im gegensatz dazu: frauen zum heiraten, die erst was reingesteckt kriegen wollen, wenn sie geheiratet worden sind, was aber trotzdem die wenigsten von ihnen lange genug, bis zum erfolg, durchhalten können. daher: erich denkt also an zwei sorten von frauen, wenn er überhaupt an frauen denkt, was er nur tut, wenn er ein bedürfnis hat, das man durch denken so-

wieso nicht befriedigen kann, erich denkt also an frauen, die für ihn keine frauen sind, weil sie ihm wie die geschlechtslose mutta dauernd fressen und trinken hineinschieben, und an frauen, die für ihn keine frauen sind, weil sie für ihn keine frauen sein dürfen, weil sie es mit jedem machen, ohne mit ihm verliebt, verlobt oder verheiratet zu sein und überhaupt unmöglich ein ganzes haus sauberhalten könnten.
allerdings haben die wenigsten ein ganzes haus. allerdings ist es dem erich egal, ob frau oder nicht oder keine.
erich denkt überhaupt nicht an frauen, oder wenn, dann nur an frauen, die gar keine sind, daher gibt es für erich keine frauen, weil die frauen, die er kennt, in wirklichkeit gar keine frauen sind.
erich fühlt die auswirkungen von frauen, aber nicht die frauen selber. daher und auch sonst aus vielen gründen denkt erich ausschließlich an seine maschinen.
daher und auch sonst aus vielen gründen denkt paula in diesem augenblick an erich und wie sie seine frau werden kann, was schwer sein wird, aber doch möglich sein muß.
in der nächsten zeit stöhnt die bessere schneiderei, die nun plötzlich, ohne daß sie begreifen kann warum, zu einer lustlosen und schlechteren geworden ist, gequält auf: paula, wenn du dich nicht mehr um mich kümmerst als du dich jetzt um mich kümmerst, dann werde ich bald nicht mehr das bessere leben für dich sein können wie es ursprünglich meine absicht war. dann werde ich dir plötzlich, ohne daß du es richtig bemerkst, kein stückchen von deinem leben mehr sein können.
aber paula hört der besseren schneiderei gar nicht mehr richtig zu.
während paula nämlich die schneiderei ausführt, denkt sie an das beste leben, das mit erich sicher viel schneller da sein wird als das bessere leben, das mit der schneiderei erst in zwei jahren da sein wird, wenn sie ausgelernt hat. das beste leben aber kann vielleicht schon morgen beginnen!
paula, sei bereit alle zeit.
das beste ist immer noch besser als das bessere.
besser, man sieht sein glück in einer andren person als man selber ist, wie schon die mutta, die großmutta, die schwester

ihr glück in jemand andrem gesucht und keineswegs gefunden haben, besser man sieht sein glück in jemand andrem und findet es auch dort als man macht selber sein glück oder man findet sein glück nicht, und die jugendzeit ist vergangen.
besser, das glück ist aus einem menschlichen menschen gemacht als aus unmenschlicher seide, baumwolle oder unmenschlichem leinen.
wie wird man eine frau für erich, die er auch als frau erkennen kann? keine säume mehr, keine knopflöcher, keine ajourstiche, keine hexenstiche, keine flexenstiche, oder nur mit halbem herzen.
erich mäht gras fürs futter.
erich mäht gras fürs futter.
das ist heute schon der hunderttausendste tag, an dem erich gras fürs futter mäht. neben der arbeit im holze muß erich immer gras fürs futter mähen. und noch viele andre tätigkeiten ausführen, wie gras fürs futter mähen, ausmisten, mist auf die wiese führen, gras fürs futter mähen, noch einmal, ein letztes mal gras fürs futter mähen und noch vieles mehr.
paula besucht erichs mutta und die personen um sie herum, die eigentlich personen um erich herum sind, alles dreht sich um erich, den mittelpunkt, der gras fürs futter mäht, als ob er das jeden tag täte. guten tag, ich bringe einen kuchen mit einem schönen gruß von der mutta. lassen Sie es sich gut schmecken.
die mutta vom erich wundert sich, weil es nicht üblich ist, wenn man etwas hat, daß man davon auch nur ein stückchen freiwillig hergibt, das hat es bisher noch nie gegeben, weil hier jeder zu kriegen versucht, aber nichts dafür hergeben möchte, weil hier jeder auch möglichst was umsonst zu kriegen versucht. weil man aber allgemein weiß, daß man einfach nichts umsonst kriegen KANN, nicht einmal schwere leiden, so wundert sich erichs mutta, daß da plötzlich ein kuchen so umsonst einfach ins haus marschiert. vielen dank. einen schönen gruß. aber da, wie gesagt, die chance, daß man etwas geschenkt bekommt, eins zu einer million steht, so denkt erichs mutta gleich viel weiter. was nämlich kann dieses mädchen dafür haben wollen? was und von welchem wert besitzen wir, von dem sie auch nur eine sekunde annehmen kann, daß wir es

hergeben würden, daß sie es bekommen könnte? es muß etwas sein, das zumindest eine spur mehr wert ist als der kuchen, man will schließlich immer etwas mehr zurückbekommen als man investiert hat. sie kann doch nicht im ernst annehmen, daß wir irgendetwas, und sei es auch nur das schwarze unterm nagel, umsonst hergeben würden, denn für ein stück kuchen kriegt sie höchstens ein stück fettes selchfleisch, das magere essen wir selber, und sie hat noch nie behauptet, daß sie gern ein stück selchfleisch haben möchte oder ein paar eier oder ein glas pflaumenkompott. sie wird doch nicht etwas von der selbsteingekochten marmelade wollen? da muß sie aber noch kuchen anschleppen, bis sie schwarz wird, wenn ich daran denke, welche arbeit ich mit der marmelade gehabt habe. soll sie doch ihre eigene marmelade nehmen!
paula nimmt ihr leben in ihre eigene hand. bis jetzt erntet sie dafür nur unverständnis, undank und mißtrauen.
trotzdem, paula ist hochaktiv. sie pflückt die blumen, solange sie blühen und vielleicht schon vorher. dann gehn sie nämlich im wasserglas oder in der hübschen porzellanvase im geschützten zimmer auf. und nur man selber hat was davon oder ein lieber besuch.
aber es kommt der tag, an dem klar wird, daß es die marmelade nicht sein kann. wäre es nämlich die marmelade gewesen, dann hätte paula schon nach dem achten kuchenstück irgendwas von marmelade gesagt. sie kann doch nicht so blöd sein und zehn kuchenstücke für ein marmeladeglas herschleppen, wenn sie schon ein marmeladeglas für acht kuchenstücke kriegen könnte!
was will also paula, wovon will sie soviel?
erich mäht schon wieder gras fürs futter. kann ich dir beim futtertragen helfen, fragt paula. sie ist nicht fürs futtertragen angezogen, eher für die kirche, in die sie aber nie geht, weil auch ihre eltern nie gehen, weil man nichts dafür bekommt. erich schaut paula an wie man einen unschädlichen käfer anschaut, den man nicht unbedingt zertreten muß, wenn man gute laune hat. erich schaut paula nicht böse an. erich schaut paula an und auch wieder nicht an. du machst dir dein kleid grasfleckig, sagt er, du schaust aus, als ob du nämlich in die

kirche gehen wolltest. du könntest gleich in die kirche losgehn, so wie du da bist. nein, ich helfe dir, erich, du mußt doch immer so schwer arbeiten! ja, schwer ist sie schon die arbeit, aber es ist gut, sie in frischer freier luft zu verrichten, in diesen fabriken würde ich umkommen in dieser schlechten unfreien luft, in welcher sogar frauen arbeiten sollen, die doch ziemlich schwach sind, wirft erich ein. du hast recht, antwortet paula auf das, was erich gesagt hat, ein neuer ton schwingt zwischen ihnen, ein ton des einverständnisses. die arbeit in frischer luft soll gesünder sein als die arbeit in der fabrik, das habe auch ich gelesen.
erich hat das nicht gelesen, weil er nur die hefte über den weltkrieg liest, aber erich hat auch schon gehört, daß die arbeit in frischer luft gesünder und freier ist. du hast recht, wirft paula ein, die frische luft und die arbeit darin machen stark, gesund und rote wangen. du bist aber stark, erich. und gesund. dies war das erste wirkliche gespräch zwischen erich und paula, ein gespräch, in dem einer was sagt und der andere etwas darauf antwortet, das im sinn dazupaßt. in diesem augenblick durchzuckt erich der gedanke, paula könne eine person sein wie er eine ist.
erich hat den kern des problems flüchtig erfaßt.
was seine mutta betrifft, geht erich am kern des problems vorbei. von seiner mutta spürt erich nur die wirkung: essenmachen, saubermachen, fluchen, prügelandrohen, saubermachen und nochmals essenmachen.
paula hat eine antwort gegeben auf etwas, das erich gesagt hat.
erich hat direkt die folge einer seiner handlungen erlebt.
dafür darf paula den korb tragen helfen.
das ist der augenblick, in dem erich und paula das erste mal etwas gemeinsam miteinander tun, nämlich einen korb mit gras fürs futter tragen.
wenn erich und paula in zukunft etwas miteinander tun werden, dann werden sie sich dazu einsperren oder in den wald gehen.
keiner soll sie in zukunft dabei beobachten, wenn sie etwas gemeinsam miteinander tun.
manchmal ergänzen paula und erich auch in zukunft einander,

zum beispiel, wenn erich prügelt und paula geprügelt wird, oder wenn erich krank ist und paula ihn pflegt, oder wenn beide zusammen holz sägen, oder wenn paula kocht und erich ißt.
oft macht der volksmund seine lustigen witze über leute wie paula. im endeffekt sagen diese witze, daß, so blöd frauen auch sind, so lieb sind sie doch.
aber lieb sind sie doch.
an andren stellen sagen die witze auch, daß, so brutal, verschlagen, listig und gerissen männer auch sind, so lieb sind sie doch.
aber lieb sind sie doch.
in diesem augenblick beginnt erichs mutter über das gemeinsame korbtragen nachzudenken. diesmal geht das schnell, obwohl erichs mutter ein ungeübtes gehirn besitzt.
paula will weder butter noch käse, noch milch noch wein noch marmelade. paula will also denjenigen, der maßgeblich an der herschaffung dieser produkte beteiligt ist, mit seinem geld und seiner arbeitskraft: also erich.
aber lieb sind sie doch!
NEIN! denkt die mutta von erich.

eines tages waren brigitte und heinz

wieder einmal dabei, daß heinz brigitte den reißverschluß an ihrem rücken aufzog, plötzlich lag der ganze rücken brigittes offen am tageslicht. so schön ist er auch wieder nicht, daß man ihn dem offenen licht aussetzen könnte, sagt heinz.
dennoch nimmt er, von soviel unnützem eifer gerührt, brigitte in seinem auto zum schrebergartenhäuschen seiner eltern mit hinaus.
wenn man ein schrebergartenhäuschen hat, ist das schon sehr viel, aber es geht noch höher hinan, bis zu einem ein- oder zweifamilienhaus. das schrebergartenhaus, so klein wie es ist, soll ein ansporn für heinz sein, daß es noch höher hinauf geht. nicht denken und gott lenken lassen, sondern andre denken lassen, aber selber lenken.

vati und mutti wissen, was gut für heinz ist.
deshalb sehen sie es gern, daß die frauenoberschülerin susi in das gemeinsame leben hineintritt.
susi tritt also ins volle hinein und gefährdet dabei gleichzeitig das noch nicht werdende, aber werdensollende leben in brigitte.
susi ist etwas feines, brigitte nicht.
man kann die beiden nicht gegenüberstellen. das ist unmöglich.
man kann das eine mögen oder das andre, entscheiden muß heinz.
hat er das lieber oder das.
wenn er sich für susi und das feine entscheidet, geben ihm seine eltern ein schönes startkapital für die ehe, nämlich ihre gesamten ersparnisse ihres gesamtlebens. das ist nicht viel, aber das ist schön.
brigitte geht in die fabrik zu ihrer akkordvorgabe. susi geht in die frauenoberschule zu ihren kochstunden. susi ist schon eine richtige kleine frau mit all den kleinen fehlern und schwächen, die eine frau hat, und die ihre eigene mutti ihr beigebracht hat in mühevoller kleinarbeit, nämlich viele schwächen. kaum stößt man auf susanne, schon redet sie über kochrezepte. sie bewegt sich in einer umwelt, in der gespräche über kochrezepte an der tagesordnung sind. heute zum beispiel erzählt sie, daß die letzten mandelkarten zwar ansprechend ausgesehn haben, aber entsetzlich geschmeckt haben. trotzdem hat ihr vati davon gegessen, um sein töchterlein nicht zu kränken, weil doch ihre ganze ehre ihre kochkunst ist. sie hat sich solche mühe gegeben und sogar noch eiklar darüber geschmiert, damit jene schön glänzen, und jetzt schauen sie zwar schön aus, schmecken aber schlecht, pfui. auch der große bruder hans lästert in seiner oberschülerart, in der das wort scheiße öfters vorkommt, das brigitte auch schon die ganze zeit in ihrem mund brennen fühlt. laß sie raus, die scheiße, brigitte, sonst erstickst du noch dran!
vati sagte: weiter kochen üben, susanne, gestern, die spätzle, die haben zwar scheußlich ausgesehn, aber geschmeckt haben sie dafür, na, geschmeckt haben sie wie von einer echten kleinen hausfrau gemacht. und dann hat mein vati noch gesagt,

schnattert susi heinz an, der im liegestuhl liegt, dann hat vati gesagt, da du schon eine richtige kleine frau bist, susi, muß man mit diesen mandelkarten nachsichtig umgehen, da du aber noch ein kleines mädel, nämlich vatis kleines mädel bist, mußt du bestraft werden. kein ausgang heute abend. und wir werden zusammen kochen üben, dann kommst du der hausfrau wieder einen wichtigen schritt näher.
ende.
die heinzeltern strahlen um die wette, endlich ein schimmer am horizont. susis familie ist geradezu zukunftsschwanger, mit einem sohn auf der oberschule und einem sogar auf der uni! hoffentlich ist unser heinz dafür ausgerüstet. dennoch, wir haben ihm gutes rüstzeug mitgegeben. eine solide lehre und die gedanken an ein eigenes geschäft.
die beiden haben einander im strandbad kennengelernt, einem berührungspunkt vieler interessen, einem schnittpunkt aller klassen, anschauungen und richtungen.
susi ist ein mensch, der interessen hat. susi interessiert sich für taschenbücher und kino. susi interessiert sich für leute, die sich für die gleichen oder ähnlichen taschenbücher und filme interessieren. anschließend kann man dann auswählen und entscheidungen unter verschiedenen taschenbüchern und filmen treffen. susi interessiert sich für das gleiche, für das, was sie schon ist. es ist fast eine lebensaufgabe, sich zwischen zwei verschiedenen filmen zu entscheiden, die man beide sehen möchte. da hat man gleich das gefühl, daß sich das universum um einen dreht.
susi interessiert sich auch sehr fürs kochen. dazu ist nichts zu bemerken, weil das richtig und wichtig ist. für die ganze menschheit, die susi manchmal auch gesprächsweise streift.
susi kann streifen, weil sie den überblick hat.
wenn man susi fragt, dunkel oder hell, dann antwortet sie: mittel.
und lacht lieb.
susi ist etwas mittleres, was das sicherste ist, weil es nicht oben und nicht unten ist. in der mitte muß man nicht zuviel druck aushalten und auch umgekehrt nicht zuviel pionierarbeit leisten.
in der frauenoberschule, da liegt man richtig.

nur bei dem richtigen mann, da liegt man richtig. der richtige mann ist gleich oder ein wenig oder möglichst viel besser als man selber ist. bei einem mann liegt man schief, wenn er unter dem eigenen niveau liegt. susis niveau ist hoch, wie susi meint.
susi hat gleich in windeseile alles abtaxiert, was in ihrer reichweite liegt. susi hat das von ihrer mutter gelernt, die den ganzen tag nichts andres tut als abschätzen, messen, wägen und zählen. resultat: weniger. ein hartes, aber endgültiges wort.
trotzdem ist es interessant für ein wißbegieriges mädchen wie susanne, soviele verschiedene menschen, die im grunde miteinander beinahe identisch sind, gleich sind, nämlich auf einem niveau weit unter susi, auf einem einzigen haufen zu sehen.
während susi abmißt und abwägt, räkelt sie sich fraulich im liegestuhl. susi ist kein kleines mädel mehr, sondern schon eine richtige frau, was man beim räkeln genau merkt.
susi hat toleranz für brigitte. aus toleranz möchte susi brigitte in ihre kochkünste einweihen, wofür sie nur undank und unverständnis erntet. ein wenig verstimmt schweigt susi wieder. schade, an so einem schönen klaren tag.
brigitte bekommt sofort einen brechreiz, wenn sie susis blütenweißen bademantel und ihre langen blonden haare nur sieht. das ist eine interessante reaktion, die völlig verschieden von der reaktion von heinz ist. heinz hat die qualität von susi erkannt, dafür wird er auch einmal ein guter geschäftsmann werden. brigitte kann keine qualität erkennen, daher wird sie einmal möglicherweise untergehen.
susi spürt brigittes haß überhaupt nicht, weil ihre gedanken um linzertorten und gespickte rehrücken kreisen. susi ist jeglicher haß fremd. susi ist freundlich und häuslich.
alle versammelten schrebergartenhäusler meinen, daß susi etwas an ihnen liegt, weil sie so freundlich ist. das stimmt aber nicht. susi liegt nichts an ihnen.
es ist nur so, daß heinz und seine eltern oft grob und unhöflich sind, was sie einmal überdenken sollten, weil es nicht nötig ist, unfreundlich zu sein, wenn man zur gleichen zeit auch freundlich sein kann. das meint sunny susi.
in brigittes kreisen haßt man jede konkurrenz. in brigittes

kreisen wird haß groß geschrieben. brigitte kann keine liebe zu ihresgleichen aufbringen, das ist alles kaputtgemacht.
in susis kreis herrscht die liebe, die in der ganzen welt herrschen, und vor der der haß schweigen sollte. susi ist ganz lieb zu b., weil ihr brigitte gleichgültig ist wie ein stück faules holz. brigitte haßt susi wie man etwas, das einen schneeweißen bademantel trägt, überhaupt nur hassen kann.
brigitte soll susi den garten und dessen obstbäume zeigen. susi klatscht vor freude in die hände. brigitte zittert vor jedem pflaumenbaum, umgotteswillen, die wird mir dies, das fast schon mir gehört, nämlich diesen baum, diesen, diesen und diesen doch nicht wegnehmen wollen! ich bring dich um, wenn du mir meine zukünftigen obstbäume nimmst, die fast schon meine sind, wenn du mir mein zukünftiges leben, das heinz heißt, wenn du mir mein zukünftiges haus, das brigitteundheinz heißt, wenn du mir das alles nimmst, dann bringe ich dich um, verlasse dich darauf!
susi geht fröhlich federnd durch den rasen durch. achtlos tritt sie astern, dahlien und kleinere gartenblumen um, knack. brigitte wirft sich auf den erdboden und richtet sorgsam astern, dahlien und kleinere gartenblumen wieder auf, hoffentlich ist nichts irreparabel geknickt. hoffentlich fliegt susi jetzt raus, wo sie das gemacht hat.
brigitte schützt ihr eigentum, das einmal ihres sein wird, mit ihrem ganzen körper. wenn man nie ein eigenes eigentum gehabt hat, dann setzt man sich für ein präsumptives eigentum ein wie für sein eigenes leben. sie wirft sich auf die johannisbeerbüsche, um sie vor susis hand zu schützen, die gerade frech eine beere pflücken wollte. dabei zerdrückt b. mit ihrem ungeschickten körper mehrere kilo der roten beerenfrüchte. das kostet sie den kopf!
susi ist erstaunt. sie sagt, die beeren kann ich doch überall kaufen, wenn ich will. brigitte sagt, ja, aber diese beeren hier, das sind meine. MEINE. meine. mein ist mein.
und dieser heinz ist meiner. meiner. meiner.
und ich werde einmal ein haus haben, das viel schöner ist als dieses einfache kleine schrebergartenhaus, das wir den schwiegereltern lassen werden, während wir, heinz, der meiner ist, und ich, die ich auch meine bin, in ein größeres schöneres

haus umziehen werden, dessen erdgeschoß ein eigenes geschäft beherbergen wird. für elektroinstallationen. soweit brigitte.
Sie haben sich ganz voll gemacht, sagt susi freundlich, sie ist interesselos an brigitte. von susi aus kann es b. geben oder nicht. die existenz brigittes tangiert susis leben in keiner weise. susi ist ganz lieb zu brigitte, weil das nichts kostet, und brigitte ihr nichts nehmen kann, nicht mal ihre kochkünste.
brigitte hingegen haßt alles an susi. susis existenz ist eine ständige bedrohung. wenn man heinz erst einmal das bessere vorführt, womöglich will er es dann auch besitzen. NEIN!
susi will ihr etwas NEHMEN.
am liebsten würde b. sich vor heinz, den garten, das haus werfen wie vor die johannisbeersträucher, es mit sich selbst vor susis frechen fingern beschützen.
susi zeigt auf die schönheit einer sonnenblume. wie hübsch, sagt susi. hübsch wie biskuit.
b. ist landschaftlichen schönheiten gegenüber taub. b. ist nicht fähig zur schönheitsaufnahme, b. ist ganz zusammengedreht, gekrampft, wie ein strick. b. ist ein fester haufen haß. für b. gibt es nichts schönes, nur etwas, das man bekommen will und muß.
susi zählt mehrere pflanzliche schönheiten und manches gutschmeckende in freiem rhythmus auf.
susi hat einen ausgeprägten schönheitssinn, das sagt ihr vati auch. brigitte will nur etwas haben. susi will nur nichts verlieren. b. will besitzen, besitzen, besitzen, sonst ist alles aus und beendet. b. kämpft. susi ist zu weiblich, um zu kämpfen. susi ist ganz frau.
susi bekommt.
brigitte ist gar nichts.

fortsetzung: paulas gefühle

es ist also etwas in mir da, das man die liebe nennt, fühlt paula zum zehntenmal.
es ist außerdem etwas in mir, das sich kinder wünscht. dagegen darf man sich nicht wehren.

frühestens in dem augenblick, in dem ich eine mutter werden werde, wird die schneiderei ihre letzte chance verlieren. bei der schneiderei, da ist alles ganz tot, bei einem kindchen, da ist alles ganz lebendig. es ist die personifizierte liebe. was ist die tote schneiderei gegen ein lebendiges kind.
hoffentlich gibt es keine totgeburt!
zuerst kommt das lebendige, dann die leblosen werkzeuge.
und damit man im alter nicht so alleine ist.
erich überlegt sich dinge mit motoren, die auch sehr lebendig sind. so ein rennwagen hat die kraft von einigen tigern.
es ist eine formschöne einheit von form und bewegung.
in seinen hellsten augenblicken überlegt sich erich ein leben mit sauberen händen, weißen hemden, engen jeans und leichter arbeit. oder ohne arbeit.
erich überlegt keine sekunde über paula. paula ist ihm so selbstverständlich wie die luft zum atmen. paula will nichts selbstverständliches, sondern etwas besondres sein.
paula geht deshalb in einem selbstgenähten schürzenkleid über die straße. paula knirscht vor sauberkeit mit den zähnen. ihr haar, ihr kittel, ihre einkaufstasche, ihre dünnen beine, alle strahlen sie um die wette vor sauberkeit, wie ein weißer wirbelwind!
damit ist das besondere an paula schon wieder vorbei.
überall auf den türschwellen sitzen angestorbene frauen wie zerquetschte eintagsfliegen, sitzen da wie mit flüssigem asphalt angeklebt und überblicken pausenlos ihre eigenen kleinen hausfrauenreiche, in denen sie königinnen sind. manchmal macht sie ein spülmittel zur königin, manchmal ein patentkochtopf.
die vorgärten sind säuberlich eingezäunt und von der außenwelt abgetrennt. sonnenblumen und gesträuch trennen die innenwelt von der außenwelt, welche feindlich ist.
manche familien leben zu mehreren in kleinen häusern zusammen. auch paula wird so eines bekommen, in dessen küche paula dann regieren kann, wo es blitzen und blanken wird, daß es alle freut, die es sehen.
paula geht vorüber und denkt sich steigerungsstufen von sauber aus. hier und da springt eine der angestorbenen frauen vor und zerrt einen nachkommen, einen sohn oder eine tochter an

ihre brüste, als ein bollwerk, eine galionsfigur gegen paula, die saubere ledige. dort drüben wirft sich eine über ihren sohn, den paula nach der schule gefragt hat. sie unterbricht den sohn und erzählt stolz von den sorgen, die sie mit ihm hat, sie ist stolz auf die sorgen mit dem wilden sohn, sie schämt sich wegen ihrer sorgen mit der tochter. sie sagt, daß einer, der keine kinder hat, gar nicht wissen kann, wie es ist, wenn man welche hat.
sie erklärt auch, daß sie froh ist, keine verkäuferin mehr sein zu müssen, weil es unbefriedigend ist, für fremde leute zu arbeiten. sie wurde direkt vom ladentisch zum traualtar geführt.
jetzt hat sie einige gefährlich aussehende krankheitssymptome.
der arzt kann nichts finden.
sie hat ihr glück gefunden.
es ist ein glück, daß alles, was sie für ihren mann tut, gleichzeitig auch für sie selbst getan ist. die frischen socken, sauberen hemden, unterhosen und schuhe, alles das tut sie auch für sich und die kinder. es ist ihr nicht möglich, etwas direkt für sich selber zu tun.
manchmal geht sie zum friseur. das verschönt.
wenn paula eine der frauen fragt, was sie sich wünscht, dann wünscht sie sich etwas für die ganze familie, zum beispiel ein auto, in dem dann die ganze familie sitzt, und in dem die mutter ständig darauf lauert, dem kind eins auf die finger geben zu dürfen, um die eigene anwesenheit rechtfertigen zu können.
außerdem kann man ein auto auch mit kleinen blumenvasen und kissen herausputzen. das verschönt.
ständig brüllt irgendwo in irgendeinem haus ein fingergeklopftes kind laut auf. hört eines auf, fängt das andre damit an.
klatschende laute dringen aus den spiegelnden fenstern.
paula sagt: hau den karli doch nicht so fest, der hat doch nichts gemacht, laß ihn doch gehen.
paula soll daraufhin das maul halten, weil sie noch nichts und niemand geboren hat.
die rolle der großmutta ist die besänftigende rolle.

deswegen ist die oma auch so beliebt bei den kindern. die oma ist bei mann und frau immer unbeliebt, weil sie sich einmischt.
der eigene mann, der opa, haßt die oma, weil er sie erstens schon in jüngeren jahren immer gehaßt hat, was eine alte liebe gewohnheit ist, die man sich so schnell nicht abgewöhnen kann, und diesen haß behält man im alter dann bei, denn was hat man schon im alter, nichts, nur den guten alten erprobten haß.
der haß wird auch immer größer, weil die oma ihr einziges kapital, eine vielleicht einmal vorhandengewesene schönheit, längst verloren hat. die oma wurde entwertet. die andren, jüngeren frauen sind für ihn, den opa, den alten verbrauchten knacker, längst verloren gegangen an andre, verbrauchte aber jüngere männer, die noch erwerbsfähig sind.
die jüngeren frauen werden ihre gesicherten existenzen an der seite dieser jüngeren männer nicht für einen alten scheißer wie ihn aufs spiel setzen.
also stirbt auch der opa dahin, langsamer zwar und verzögerter als seine fasttote frau, aber immerhin: stirbt ist stirbt, verloren ist verloren und vorbei. und die eigene frau muß einen immer an den niedergang vom jungen feschak zum alten mistkerl erinnern.
der opa ist verbraucht, die oma wird verschlissen. es ist kein verbraucher zu sehen, und doch ist man verbraucht.
die oma weiß aber genau, daß ihr der mann ab einem bestimmten alter bleibt für immer und ewig, bis zur schweren todeskrankheit und dem erfolgten exitus. er kann ihr nicht mehr auskommen, vom herd, von der kredenz, vom tisch, von der abwasch, vom futtertrog.
wohin soll der alte falott sonst gehen.
der alte falott ist auf ihren scheißfraß angewiesen.
und so zieht weiterhin eine kette verschissener hosen und verschwitzter socken durch omas hände.
im alter rächt sich oma dann durch kleinigkeiten. es gibt für sie viele möglichkeiten zur konstruktiven rache.
und so zieht weiterhin eine kette von schmerzen, die man oma bereiten kann, durch opas hände, eine kette von entsetzlichen tagen. opa nimmt jeden einzelnen tag, den oma noch erleben

muß, in seine eigenen hände. persönlich. kein andrer darf da mitmischen.
aber opa ist gewöhnt, von kindheit an, sich in allen dingen des tägl. bedarfs von seiner omi versorgen zu lassen, von der mutta oder von der oma. er kann sich nicht einmal eine eierspeise selber machen.
er ist unselbständig wie ein kind, wenn es um die angenehmen kleinigkeiten wie schwere hausarbeit geht, man kann ihn leicht durch kleinigkeiten, durch winzige unbequemlichkeiten, durch sabotageakte zur weißglut treiben.
wie zwei insekten sind die alten eheleute ineinander verbissen, wie zwei tiere, die einander gegenseitig auffressen, einer schon halb im leib des andren drinnen.
fleisch ist nahrhaft und sehr geduldig.
wie eine kamelkarawane zieht in der ferne eine schar jüngere frauen vorüber, ihre silhouetten zeichnen sich scharf gegen den horizont ab. sie tragen volle einkaufstaschen und zerren kleine kinder hinter sich her.
der vatta betrachtet sie gierig durch den feldstecher. in seiner hose regen sich einige männlichkeitsreste.
in der küche kreischt die mutta, und die reste müssen wieder verstummen.
die sonne geht endlich unter.
aber paula, die dumme kuh, muß jemand lieben!
als ob es nicht schon schwer genug wäre, auch ohne, daß man ein einfamilienhäuschen mit einem eigenen hausgarten hat. aber *mit* einem häuschen ist es ja viel leichter, denkt paula.
paulas körper wird sein möglichstes tun.
die sonne ist endlich untergegangen.
trotzdem bringt auch die nacht noch viel schreckliches für mann und frau.
aber paula, die dumme kuh, muß jemand lieben.

brigitte haßt heinz

obwohl brigitte heinz haßt, will sie ihn doch bekommen, damit er ganz ihr gehört und keiner andren.
wenn b. heinz jetzt schon haßt, bevor sie ihn überhaupt bekommen hat, wie wird sie ihn erst hassen, wenn sie ihn einmal, was noch sehr zweifelhaft ist, für immer und ewig bekommen haben wird und sich nicht mehr anstrengen muß, ihn zu bekommen.
vorläufig jedoch muß brigitte ihren haß sorgfältig verstecken, weil sie noch niemand ist, nämlich eine näherin von büstenhaltern, und jemand werden möchte, nämlich die frau von heinz.
viele andre näherinnen kommen aus jugoslawien, ungarn, der tschechoslowakei oder andren ostblockstaaten.
oder sie heiraten weg oder sie gehen zugrunde.
eine von sehr vielen ist im grunde überhaupt niemand.
b. meint, daß sie als eine von sehr vielen büstenhalternäherinnen, von denen viele sogar die gleiche naht machen wie sie, überhaupt niemand ist. b. meint, daß sie als eine von sehr vielen ehefrauen jemand wäre. brigitte meint, weil heinz jemand ist, nämlich einer, der einmal jemand sein wird, der ein eigenes geschäft hat, daß sie dann automatisch auch jemand ist.
wenn kein glanz von den büstenhaltern herkommt, muß aller glanz im leben von heinz herkommen.
weil der glanz, von dem man liest oder den man im fernsehn sieht, von ganz jemand andrem herkommt und zu ganz jemand andrem wieder zurückgeht, weil der glanz aus den zeitschriften und filmen von wildfremden leuten handelt, die oft nicht einmal büstenhalter tragen, geschweige denn büstenhalter machen würden, weil also von vorneherein kein glanz da ist, macht b. eifrig glanz. stundenlang. und immer um heinz herum.
sie hofft, daß etwas von diesem glanz wieder auf sie zurückstrahlen wird. aber wer einen glanz hat, der behält ihn für sich, das mußte schon brigittes mutter erfahren. ihr glanz ist von einem vertreter gekommen. wann erloschen? vor vielen jahren. mit seinem pkw.
brigittes mutter sagt, brigitte soll heinz am langen zügel gehen

lassen, aber nicht auslassen, jetzt noch nicht einsperren, erst später einsperren, aber ihn trotzdem festhalten, an sich binden, durch tausenderlei kleinigkeiten, etwa durch ein kleines baby. aber auch durch handwerkliche spezielle begabungen und fähigkeiten: z. b. wäschewaschen.
offensichtlich hat brigittes mutter noch immer nicht genug.
offensichtlich ist in der schnauze von brigittes mutter noch immer ein freies plätzchen frei.
es ist eine gnadenlose jagd.
weder dem gejagten heinz, noch dem armen müden jäger brigitte wird eine pause dabei gegönnt. manchmal kann ein jäger in einer schlimmeren situation sein als das wild.
im fall brigittes ist sie schlimmer dran als er.
susi ist ein glänzender mensch. vom sonnenlicht überglänzt springt susi übermütig nach einem schmetterling, einem sogenannten zitronenfalter. ihr blondes haar ist genau wie blondes haar.
bei manchen genügt das sonnenlicht für den glanz, andre wieder brauchen ein ganzes elektroinstallationsgeschäft dafür.
b. soll nicht so unbescheiden sein und mit der sonne zufriedensein, wie susi.
susi wird im garten von der sonne überglänzt. der garten ist nicht ihrer, sondern der von heinz, also der von brigitte. b. hechtet über susi und wirft sie auf den boden, aus der reichweite jeglichen glanzes. am liebsten würde sie susi in den boden, den feuchten lehm hineingraben.
keuchend liegt brigitte über susi drübergebreitet und erklärt, warum man mit seinem eigentum machen kann, was man will, aber mit fremdem eigentum nur machen darf, was der fremdeigentümer, in dem fall sie, brigitte, gestattet. ein beispiel: in der fabrik, sagt b., muß ich tun, was man mir sagt. aber in meinem spind aus blech, da kann ich machen, was ich will, weil der MEINER ist, da kann ich ordnung halten oder unordnung, ganz wie ich möchte. ordnung selbstverständlich. in der kantine muß ich kollegial sein, denn die kantine gehört allen gemeinsam, auf meinem platz am tisch aber, da kann ich machen, was ich will. der ist nur MEINER. ja, bei kleinen dingen fängt es an.

und sie tunkt den susikopf in eine pfütze, bis heinz kommt, und ihr die susi wieder aus der hand reißt.
und, wenn unser fabrikbesitzer zu mir nach hause käme, fährt b. fort, dann müßte selbst er dort machen, was ich will, denn mein haus ist mein schloß. so klein es ist, so sehr kann ich dort aber auch anschaffen.
Ihr fabrikbesitzer wird nie zu Ihnen nach Hause kommen, weil Sie so unfreundlich sind, mümmelt susi vor sich hin.
wirklich nicht? vielleicht kommt er doch einmal. und niemand könnte ihn dran hindern, nicht mal Sie, die Sie soviel verhindern wollen. meinen fabrikbesitzer könnten Sie nicht einschüchtern.
vielleicht kommt er einmal mich sowie meine mutter besuchen!
der kommt nie, entgegnet susi. weil Sie unwichtig sind. weil Sie das letzte und unwichtigste sind, das es gibt.
aber WENN er käme, MÜSSTE er in unsrer wohnung tun, was wir anschaffen, das ist sogar gesetzlich gesetz, schluchzt brigitte. sie weiß das besser.
fünf minuten später sitzen die beiden kampfhähne bei der jause.
brigitte hat interessant gesprochen, voller spekulationen, wie es im wirtschaftsleben eben so ist.
vielleicht kann brigitte die ergebnisse dieses gesprächs verwerten, wenn sie einmal ihr eigenes geschäft und heinz hat.

jetzt ist die liebe also da

jetzt ist die liebe also schon zum x-ten mal gekommen, aber das bessere leben hat für paula noch immer nicht begonnen.
zeit, daß endlich leben und entwicklung in diese verfahrene angelegenheit kommt!
paula kann ihre große liebe gar nicht richtig genießen, weil sie um 5 aufstehen und für den vatter das frühstück machen muß.
paula weiß, daß eine große liebe zeit braucht, um wachsen zu können, damit sie noch größer wird. paula hat keine zeit.
zur selben zeit steigt die paulamutta mit dem rechen die berg-

wiese hoch, um ihr kleines reich zu bewirtschaften. ständig überschaut die mutta ihr reich, von einer hausfrauengrenze zur nächsten. die mutta ruckt mit dem kopf hin und her, auf der suche nach illegalen grenzgängern.
die mutta schaut ständig vom anfang ihres reiches bis zum ende ihres reiches, immer hin und her, sie freut sich dabei, daß sie ein hausfrauenreich hat.
andre haben vielleicht viel mehr, andre sind vielleicht tischler, elektriker, spengler, maurer, uhrmacher, fleischer! oder selcher.
aber dafür ist alles in der familie gesund.
wenn die mutta einen schlechten tag hat, dann denkt sie, daß die selchersfrau zum beispiel ein eigenes hausfrauenreich hat, aber auch eine eigene selcherei. dann gibt die mutta dem franzienkel einen schubs mit den scharfen rechenzähnen. franzis geplärr und gebrüll entschädigt die mutta dafür, daß die selchersfrau zwei eigene königreiche hat, ein hausfrauen- und ein selcherinnenreich. franzis geschrei lenkt die mutta wieder auf den kern der sache, nämlich darauf, daß sie selber alles hat, was eine frau sich wünschen kann. und alle sind gesund. vergessen ist die selchersfrau. franzi wird ausführlich getröstet. was kann sich die mutta mehr wünschen? nichts.
paulas mutta kann sich nichts mehr wünschen, weil sie ihr schicksal schon konsumiert hat, ohne daß etwas dabei herausgekommen wäre.
da sich die paulamutta also nichts mehr wünschen kann, weil es zu spät dafür ist, ist sie wunschlos glücklich.
wunschlos glücklich geht die mutta auf das feld hinaus. sie horcht in sich hinein, ob da irgendwo drinnen ein lied klingt oder eine amsel singt, aber alles, was sie hört, ist nur der krebs, der an ihr sägt und frißt. gegen den krebs hat die mutta nicht einmal den alkohol als gegengift.
der krebs hat auch schon etwas schöneres gesehen als diesen ruinierten unterleib, in dem sich im laufe der langen ehejahre schon einiges abgespielt hat. von den sitzungen im kochendheißen wasser zur abtreibung wollen wir gar nicht erst anfangen.
was der herr doktor nie hat sehen dürfen, das bleibt jetzt für diese gefährliche todeskrankheit übrig. es sieht fast so aus, als

ob man sich geradezu seine letzten winzigen energien sein leben lang aufgespart hätte, um dann langsam und schmerzhaft getötet zu werden, verwüstet zu werden.
für wen hat der vatta diesen unterleib denn letzten endes verwüstet? für die krankheit. die krankheit erntet ab, was noch zu ernten ist. viel ist es nicht mehr.
die mutta hat zwar schon viel über dieses tückische leiden in den wochenendblättern gelesen, trotzdem trifft sie die angst jetzt mit voller wucht. obwohl sie gelesen hat, daß die angst alles nur verschlimmert und man das gleichgewicht behalten soll, hat sie eine entsetzliche angst und verliert völlig das gleichgewicht.
eines tages hat paula gesagt, daß sie zum frauenarzt ginge, um sich die pille verschreiben zu lassen, wenn es soweit wäre, damit sie nicht soviele kinder bekommt. du schwein, sagt da das mütterlein, einen fremden mann in dir herumstochern lassen, pfui teufel. solange paula in ihrem hausfrauenreich wohnt, wird sie das nicht machen.
paula ist beruhigt, weil sie nicht mehr lange im reich der mutta leben wird, sondern bald in ihrem eigenen reich.
erich macht aber noch keine anstalten für gar nichts.
die schneiderei macht paula jetzt richtig nervös und unruhig. die fahrten in den hauptort zur lehrherrin sind nur eine ablenkung von erich. paula kann es gar nicht erwarten, wieder nach hause zu kommen. schade, daß wir keine daten vom experiment paula bekommen werden. paula möchte sich ins privatleben zurückziehen. auf wiedersehen, paula, auf einer mehr privaten, gemütlichen ebene!
kaum ist paula von ihrer schneidereilehre zurück, schon schmeißt sie sich in ihr bestes rotes kleid und marschiert den berg hinan, erichzu. oben wird paula dann wie ein bumerang abgefangen, noch ehe sie sich richtig vom schwung des laufens erholt hat, umgedreht, ein tritt in den arsch, und heimzu eilt das mädchen.
paula läuft den berg hinauf, wird um ihre eigene drehachse gedreht, und rast wieder hinunter, wie ein feuermelder. sozusagen vergebens.
das regiment dort oben führen erichs mutta und erichs großmutta.

das wirkliche regiment führt der einzige mann im haus, erichs stiefvatta, der ein ehemaliger beamter ist, was nicht viele von sich sagen können, wenn es einmal am ende zur großen abrechnung kommt.
asthma, der stiefvatta, der so heißt, weil er asthmatiker ist, läßt die beiden klapprigen weiber funktionieren, daß es eine freude ist.
für asthma ist es eine freude. für die beiden frauen ist es eine kleinere freude, aber auch eine freude.
er macht es auf eine subtile tour, auf die beamtentour.
er macht es wortlos, allein durch seine persönlichkeit. der kranke pensionist asthma sitzt wie eine erdkröte auf seinem fleck und wird mit nahrung, trank und dem fernsehprogramm versorgt.
häßlich innerlich rasselnd, schwebt asthma über dem ganzen wie ein böser alptraum.
asthma hat alles absolut unter kontrolle, so wie er früher einen kleinen aber seinen wesentlichen teil der bundesbahn unter kontrolle gehabt hat. oft erzählt asthma von diesen zeiten. dann herrscht atemlose spannung.
während asthma, von röcheln unterbrochen, seine unglaublichen aber wahren begebenheiten aus dem eisenbahnerleben zum besten gibt, putzt und scheuert die mutta in ihn hinein und aus ihm wieder heraus, über ihn hinweg und unter ihm durch, daß es eine lust ist.
von lust hat die mutta seit jahren nichts mehr verspürt.
die lust, die die mutta früher manchmal verspürt hat, hat sie teuer zahlen müssen, mit einer ganzen kinderschar.
auf die lust ist nämlich ein dauerhafteres glück gefolgt, ein glück, das nicht so aufregend, dafür aber beständiger war: das glück des kinderhabens.
asthma läßt sich lustvoll pflegen wie eine leghornhenne.
asthma möchte, daß die mutta jede erinnerung an frühere freuden in sich ausradiert. am liebsten sähe er, wenn sie mit den fingernägeln den dreck vom fußboden kratzen würde. leider wird aber nur der tod der mutta alles ausradieren können, was sie früher unsauberes gemacht hat.
asthma beaufsichtigt seine in der vergangenheit sehr oft gestrauchelte frau streng. asthma und seine frau sind schon auf

dem richtigen weg, sie sind schon fast im grab. nur noch eine kleine weile.
asthma sieht in der friedlichen bergatmosphäre seiner frau bei der arbeit zu. die kranke hüfte der mutta protestiert krachend gegen diese rohe behandlung. es hilft ihr nichts. einer muß es ja machen, und dieser eine ist die mutta. die dankbarkeit hilft ihr dabei.
die dankbarkeit wringt für sie einen nassen fetzen aus.
darüber freut sich das gelenksrheuma.
die mutta ist wie eine leere bohnenschote oder wie ein leeres einkaufsnetz, aus dem längst alles herausgefallen ist. wie ein netz, das auch noch durchlöchert ist.
paula läuft unterdessen den berg hinauf.
wenn der postautobus sein zeichen ertönen läßt, ist es auch für die mutta vom erich ein zeichen, daß paula wieder aus der arbeit zurück ist.
sie wartet schon oben, die mutta, aha, jetzt zieht paula frische unterwäsche an, jetzt kämmt sie ihre paar mausgrauen haare, jetzt nimmt sie den lippenstift und jetzt die plastikschuhe, die billig waren, aber formschön sind. jetzt noch das täschchen, dazupassend weiß. jetzt: abmarsch!
zu erich.
jetzt setzt sich auch die mutta in bewegung, schön langsam, nicht hetzen, heute die devise.
da taucht paula auch schon hinter der biegung auf, brandet gegen die alte an, stur und verbissen. wenn es um den mann geht, dann geht es, wenn es um die arbeit geht, dann geht es plötzlich nicht, denkt die mutta verbissen und haßzerfressen.
paula rennt gegen die erichmutta an wie ein vogel gegen eine fensterscheibe fliegt, gegen eine betonmauer, der effekt ist derselbe: es geht nicht weiter.
abmarsch. hinunter, in die entgegengesetzte richtung, und etwas mit schwung bitte.
die mutta sagt, daß paula hier nichts verloren hat. wo doch paula ihr herz hier verloren hat!
die mutta möchte, daß erich weiter die einzige kuh, die milch für den vattakaffee gibt, bedient, und daß er außerdem das schwein tränkt. die mutta hat knochen tbc, was ein schlimmes schicksal ist, das ihr erich erleichtern soll. nach ihrem lebens-

wandel hätte die mutta etwas schlimmeres als tbc verdient, hat aber einen beamten bekommen. paula verdient etwas noch viel schlimmeres, was sie auch bekommen wird.
erich wird für die groben arbeiten gebraucht und für die feinen, sofern er hirnmäßig dazu imstande ist.
grüß gott, ich komme zum erich, kann paula noch zwitschern, aber mehr schon nicht mehr. daß sie sich nicht schämt, dem erich nachzurennen. erich ist ihrer aller produktives eigentum.
wie ein aufziehbares spielzeugtier saust paula wieder den berg hinunter, jeder schritt entfernt sie mehr von ihrem ziel, erich.
die mutta sitzt, wenn sie gerade nicht arbeitet, ständig am ausguck ihres fensters und beobachtet witternd den hohlweg.
und paula sitzt, wenn sie nicht arbeitet, ständig unten am fuß des weges und beobachtet witternd den hohlweg hinauf.
und die großmutta sitzt am ausguck in ihrem zimmer, die großmutta ist so alt, daß sie nur mehr geduldet ist und völlig verloren wäre ohne die tochter und den tochtererhaltenden schwiegersohn asthma. die existenz der großmutta hängt an einem seidenen faden, denn ein fresser mehr ist ein fresser zuviel, wenn asthma fast alles alleine frißt.
die großmutta und die mutta passen schichtweise auf, daß keiner ihnen ihren erich wegholt. asthma holt sowieso niemand weg, der bleibt ihnen. jetzt haßt also nicht nur jeder jeden, jetzt hassen sie alle mit schöner einstimmigkeit auch noch paula, die nur liebe sowie sich selber zu verschenken hat.
was zuwenig ist.
paula würde erichs arbeitskraft sicher für ihre eigenen dreckigen ziele ausbeuten, für ein häuserl, ein kinderl, ein paar kinderl und ein auto. den vorteil, den paula von erich hätte, können erichs prügel an paula gar nicht aufwiegen. prügel wiegen geld niemals auf. geld ist schwerer als prügel.
paula dagegen hat nur sich selbst und ihre liebe zu verschenken.
was zuwenig ist.

die unterschiede zwischen susi und brigitte das eventuell gemeinsame zwischen susi und brigitte

zwischen susi und brigitte steht eine unverrückbare demarkationslinie: die volle kaffeekanne. es ist ein scharfer schmerzhafter trennungsstrich, der beide an ihren platz verweist, der die beiden unvereinbaren charaktere trennt. wenn jedoch eine die kanne hebt und kaffee eingießt, dann sind plötzlich susi und brigitte gemeinsam und nicht getrennt.
ein trennungspunkt ist z. b., daß susi das gute für die ganze menschheit, für alle, groß oder klein, erreichen möchte, besonders aber für die hungernden kleinen babies in der ganzen welt, weil sie eine frau ist und bald eine mutter sein wird. hungernde babies sind für susi eine entsetzliche vorstellung, die frau in ihr empört sich darüber, die zukünftige mutter in ihr bäumt sich auf.
aus diesem grund und zu diesem zweck ist sie sogar ein bißchen in einem politischen schülerverein und sehr in einer volkstanzgruppe. den politischen schülerverein verbirgt sie geschickt vor ihren lieben eltern, die volkstanzgruppe trägt sie vor sich her wie ein täuberich seine taube.
brigitte will heinz. susi will in erster linie diskutieren und debattieren. ihr fallen viele worte und die dazugehörigen gegenstände ein, sie gibt sie alle im augenblick des einfallens wieder von sich.
susi speit bei jedem mundöffnen eine ganze portion hungernde menschen in aller welt aus. brigitte bringt die schlagsahne vor susis auswurf in sicherheit. susi lernt auch gern kochen, was man in ihrer frauenoberschule lernt, damit einmal später, wenn susi verheiratet sein wird, ihr gatte und ihre kinder wenigstens nicht hungern müssen wie viele andre, die susi nennen könnte. es sind sehr viele verschiedene ausdrücke, die susi für den hunger und die ungerechtigkeit findet. brigitte findet es nur ungerecht, daß heinz sich mit susi abgibt. susi findet es ungerecht, daß heinz satt und zufrieden ist, während viele hungern. sie sagt weiters, daß es schön ist, in einer volkstanzgruppe volkszutanzen, daß es aber auch schön ist, gerade

als kontrast zum volkstanzen, wenn man ein denkender mensch ist, der sich um das elend in der welt sorgt.
brigitte kennt nur ein einziges wort: heinz. das wort für arbeit kennt sie zwar, spricht es aber nicht aus, weil es keinen bezug zu ihr hat. sie sagt ganz stolz, daß sie niemals hunger hat und nie hunger haben wird im gegensatz zu vielen andren, die sie nicht nennen könnte, denen es aber sicher recht geschieht, weil hunger unnötig ist, wenn man fleißig ist, wobei b. an heinz und dessen fleiß denkt, nicht aber an ihren eigenen fleiß.
b. gibt stolz an, daß sie immer genug hat, und daß heinz einmal sogar mehr als genug haben wird, soviel, daß sogar für sie beide mehr als genug da sein wird.
manchmal hat brigitte genug von allem. manchmal steht es ihr bis obenhin. wenn sie aber heinz in solchen augenblicken betrachtet, dann hat sie gleich viel zuwenig, dann soll heinz in aktion treten, seinen motor anwerfen, und eine arbeitsleistung erbringen.
eine arbeitsleistung, die alle sehen können.
heinz ist technisch begabt, daher soll seine leistung auf dem gebiet der technik liegen. susi und brigitte sind stolz auf das, was die technik jeden tag hervorbringt. brigitte ist stolzer als susi, weil heinz einer von denen ist, die sich die technik unterworfen haben, die mit ihr umzugehen verstehen. heinz und brigitte werden viele elektrogeräte verkaufen, heinz wird sie sogar reparieren können.
susi ist stolzer als brigitte, weil sie sich jede menge von diesen geräten leisten können wird. sie wird diesem heinz dann anschaffen können, was er zu reparieren hat, wenn etwas davon kaputt geht.
es liegt ein großer unterschied zwischen brigittes handwerksstolz und susis besitzerstolz. brigitte ist keine handwerkerin, heinz ist der handwerker. auch heinz ist stolz.
heinz ist stolz, daß er einmal gesellen einstellen kann, die die dreckigen reparaturarbeiten für ihn erledigen werden. heinz wird dann nur mehr das geschäft beaufsichtigen.
unterdessen hat susi noch immer mitleid mit leuten, denen es schlechter geht als ihr selbst.
unterdessen hat brigitte noch immer kein mitleid mit irgendjemand, weil sie sich ganz auf heinz konzentrieren muß.

susi hat kein interesse an heinz. offenbar hat susi schon alles. susi hat auch mit brigitte mitleid.
brigitte hat mit susi mitleid, weil susi die qualitäten von heinz nicht zu erkennen vermag.
dennoch, obwohl sie susi auf diese qualitäten nicht aufmerksam machen möchte, obwohl sie susi den mund nicht wäßrig machen möchte, spricht brigitte von nichts andrem als von den qualitäten von heinz.
susi hat noch immer mitleid mit brigitte, die nicht zu begreifen scheint, daß es bessere qualitätserzeugnisse als heinz gibt.
man merkt, daß zwischen den beiden eine natürliche grenze besteht, die so stark ist, daß man sie nicht niederreißen kann.
brigitte ist mehr susis feind als susi brigittes feind ist.
heinz folgt aufmerksam dem, was susi erklärt. er schaut um sich und um sich herum und sucht irgendwo einen hunger, von dem es soviel geben soll. dann sagt er spaßeshalber ich habe jetzt, bei all diesen gesprächen von hunger und elend, richtig appetit auf ein schnitzerl bekommen.
grunzend streicht heinz über seinen schmerbauch.
susi und brigitte schießen in die höhe wie von zwei taranteln gestochen. jede sucht die andre auf dem weg zur küche zu überholen. susi aus ehrgeiz, brigitte aus angst vor susis leistung.
quiekend fallen die beiden mädchen übereinander. sie schlagen sich böse wunden und blaue flecken. brigitte holt sich gar eine hautabschürfung. heinz liegt im liegestuhl und genießt das schweigen und die natur und die gerüche aus der küche. er hat jetzt wirklich appetit auf ein schönes stück wiener schnitzel mit gurkensalat.
launig hört er auf das schimpfen und brüllen brigittes, die susi an den haaren vom küchenherd zurückhalten möchte. es gelingt ihr aber nicht, weil susi sportlich trainiert ist und auch tennis und basketball spielt. brigitte kriegt eins auf die finger. brigitte jault. sie heult wie ein schakal, die ganze freude an dem schönen tag löst sich im brutzelnden fett auf. susi geht derweilen ans werk.
susi ist so ruhig und eiskalt und überlegt wie der tod selber, wie sie die eier aufklopft.
auch die mutter horcht mit einem lachenden und einem weinenden auge auf das treiben in der küche. der vati sagt, daß

diese mädchen doch immer so schnattern müssen wie hühner. das weinende auge der mutter sagt, daß sie jetzt ihren heinz an die susi verlieren wird. sie hat ihn aufgezogen, jetzt bekommt susi ihn, die aber gut für ihn und seinen bauch sorgen wird, keine sorge. das lachende auge der mutter sagt, jetzt hat brigitte das nachsehn.
über das altersheim hinweg wird die heinzmutta nicht recht behalten. heinz denkt, daß sich susi bald nichts mehr um den hunger in der welt scheißen wird, wenn sie zur gänze mit *seinem* hunger wird beschäftigt sein müssen. susis alltag wird einmal ein ausgefüllter werden.
susi wird den schwanz fest in die möse und das familienleben fest in den kopf gepflanzt bekommen.
heinz hält alle fäden fest in seiner hand.
so, die schnitzel sind fertig ausgebacken.
susi hat sie vollbracht. dafür darf susi das ganze auch hineintragen. brigitte versucht, sie ihr aus der hand zu schlagen, allein die mutter von heinz ist schneller und fingerklopft brigitte, daß es widerhallt.
beim essen will ich meine ruhe haben, meint heinz behäbig zur brüllenden brigitte. sei ruhig, sonst bekommst du von mir auch noch eine gelangt. doppelt hält besser.
doppelt hält besser. gleich ist brigitte still, sie denkt an ihr zweifaches glück, an das haus und an den laden für elektrogeräte. brigitte schweigt, um ihr glück nicht zu gefährden.
susi ist ganz angeschwollen vor stolz. sie hat sehr saubere und reine gedanken.
der fette ferkelheinz hat sehr unsaubere gedanken, die aber jetzt vom fressen in den hintergrund gedrängt werden. obwohl susi immer geschickt verbirgt, daß sie etwas zwischen den beinen hat, muß doch etwas dort vorhanden sein, aber was. nach dem kuchen und dem kaffee, wenn heinz satt ist, wird er an susis muschi denken.
jetzt denkt heinz an gar nichts, seine kiefer mahlen langsam aber gründlich.
brigitte ist vom haß so aufgefressen, daß sie selber gar nichts fressen kann. sie versucht, das schnitzel von susi herabzuwerten. heinz wertet das schnitzel von susi wieder auf. er verschlingt die portion von brigitte gleich mit. so gut hat es geschmeckt.

heinz hält sich für den keim der urzelle, das haben ihn seine lieben eltern gelehrt.
heinz glaubt, daß es zwischen ihm und einer vollblutfrau wie susi die ideale verbindung ergeben müßte.
susi glaubt zwar, daß sie eine vollblutfrau ist, aber nicht, daß es irgendeine verbindung mit heinz geben könnte. susi will einen vollblüter als mann, was heinz nicht ist. für susi ist heinz ein verfressener prolet. für susi ist susi eine ausgezeichnete köchin, auch für ihren vati.
susi versucht, weiter das elend ringsumher zu erklären, und die familie von heinz gegen dieses elend zu agitieren.
der heinzvater sagt sehr freundlich, sie soll ihr maul halten, weil sein sohn heinz beim fressen nichts trauriges, sondern nur heiteres hören möchte. und jetzt ist sein sohn heinz gerade wieder beim fressen, ob susi das nicht sehen könne.
susi schweigt erschrocken, sie schämt sich für die gleichgültige öffentlichkeit, die hier im vater von heinz personifiziert ist. susi ist ruhig und beginnt zu träumen: wieder zwei stunden vergangen, und noch immer kein oberarzt in sicht.
heinz träumt von den kleinen dingen vor sich hin: die kleine susi mit einem kleinen schürzchen in seiner wohnküche.
das wird Ihnen in der ehe schon vergehen, scherzt der lebenskluge heinz, der fachmann, der das von seinen eltern her weiß, der spezialist. heinz, der immer in allgemeinen sätzen spricht, als ob er es wüßte, gelernt hätte, oder die erfahrung gemacht hätte. dabei hat er es nur von seinen eltern und arbeitskollegen erfahren. seine eltern wissen selber nichts, sonst müßte der vati nicht fernfahren. sonst müßte die mutti allerdings noch immer weiter haushalten. egal, was der mann ist, der haushalt bleibt einem. heinz spricht, als ob er eine große lebenserfahrung hätte, die er nicht hat.
susi erzählt von ihren hobbies: fremde menschen und länder. heinz der fachmann sagt, bei uns ist es doch am schönsten. susi ist verächtlich. heinz weiß es trotzdem besser, heinz, der mannesmann. brigitte zeigt indessen, wie sehr sie auf das porzellan und die löffelchen der heinzfamilie achtgibt.
brigitte schirmt das porzellan gegen fremdbeschädigung ab.
sie zeigt, wie lieb sie das blümchenporzellan hat, sie hält die tassen zwischen den fingern wie ein neugeborenes küken.

ganz leicht. das würde man diesen ungelernten händen nie zutrauen. den heinzeltern ist es peinlich. jetzt glaubt susi vielleicht, daß porzellan für die heinzfamilie etwas besondres ist, wo es doch nur für die arbeiterin b. etwas besondres ist. die heinzeltern versichern eilig, daß sie jeden tag nahrung aus blümchenporzellan zu sich nehmen, geht ein stück kaputt, na, dann kauft man ein neues stattdessen.
brigitte glaubt, daß vor soviel liebevoller fürsorge die ausländischen gedanken, die sie jetzt manchmal bei heinz bemerkt, verschwinden müssen, was sie nicht tun, weil sie inländische, von den eltern vererbte gedanken sind. irrtum brigittes.
susi greift einfach nach der kanne, als ob die aus blech wäre und schon ihr gehörte. wir sind doch nicht im gefängnis beim blech, sondern beim porzellan in der familie meines zukünftigen verlobten. verlobten! brigitte will ihr die kanne wegnehmen, abschirmen und an ihr herz drücken und wiegen wie einen säugling, damit jeder sieht, wie sie das auch schätzt, was bald ihr gehören wird. die eltern sollen das maul halten, im altersheim, da können sie dann aus dem blechnapf fressen, die tatterer.
eins von den beiden mädchen ist schwer im irrtum. wie immer brigitte. brigitte und susi machen auf lieb und weiblich.
susi hat damit erfolg, weil sie wirklich lieb ist, was sie leicht sein kann, weil es sie nichts kostet und alle um sie herum froh macht. selbst wenn es was kosten würde, susi könnte es sich leisten.
brigitte hat damit keinen erfolg, weil sie auf dem harten weg zu heinz selbst hart und verbittert geworden ist. bei brigitte darf es nichts kosten, nur ihre substanz. an brigittes substanz nagen jetzt schon ziemlich viele ungebetene gäste: das sture büstenhalterband ist der ungebetenste von allen. brigittes substanz ist dünn wie verschlissene seide.
nur die ausdauer hält noch die festung. die liebe ist längst schlafen gegangen. keiner kann so lange aufbleiben.
wieder einmal mußte die liebe scheitern und die brutalität gewinnen.
susi muß immer gewinnen, weil sie so lieb und gut ist. weil sie menschlich ist. brigitte ist unmenschlich.
brigitte gewinnt mit aller härte den kampf um die kaffee-

kanne. susi, die weibliche weiche, muß die kanne loslassen. brigitte, die harte unweibliche, reißt die kanne triumphierend an sich, die kanne ist an brigittes brust: gewonnen. susi sagt bei uns daheim steht eine viel schönere, zu der gehe ich jetzt hin.
die heinzmutter wirft sich susi in den weg, damit sie noch bleibt. sie verspricht, daß sie die allerschönste kanne kaufen wird, wenn susi nur bleibt. sie zieht susi an ihre brust, die vor jahren heinz gesäugt hat und später zu einem mann gemacht hat, der auf das wesentliche schaut. und nicht auf das unwesentliche – brigitte.
die heinzmutter sagt zu susi, sie müßten weiblich gegen das unweibliche harte – brigitte – zusammenhalten.
susi hat letzten endes die schlacht gewonnen, durch ihre weiblichkeit und weichheit. bleibe weiter so, susi! laß dich nicht verhärten!
heinz würde brigitte am liebsten ohrfeigen. im nächsten moment ohrfeigt heinz brigitte auch schon. ein mann muß tun, was er sich vorgenommen hat. diese ungerechtigkeit tut weh! brigitte hat schließlich die familienkanne vor einem eindringling gerettet. sie preßt das porzellan noch immer an sich, das porzellan ist schon körperwarm, anders als heinz, der immer kalt gegen b. ist.
auf dem tischtuch ist ein großer brauner fleck. susi rast in die küche, um ihren instinkten raum zu geben, die ihr sagen: putze das tischtuch!
auftritt des nassen lappens auf der bildfläche. in einem schönen persönlichen erfolg läßt susi den lappen über das tischtuch gleiten. ich gebe die kanne nur der schwiegermutter oder heinz, Ihnen aber nicht, sagt brigitte. doch keiner kümmert sich um sie. eine begeisterte menge, bestehend aus heinz und dessen eltern, applaudiert susi.
brigitte ist nicht vorhanden. hielte sie nicht noch immer die kanne in den zerstochenen pfoten, keiner würde sie überhaupt sehen.
was brigitte in ihrer unweiblichkeit falsch gemacht hat, susi hat es wieder gut gemacht.
sie will dafür keinen dank, nein nein.
brigitte will dafür heinz.
so geht das jedenfalls nicht.

wo eine liebe ist, da ist auch ein weg

der pfarrer sagt, daß die liebe ein weg zum du ist. paula sucht eine verständigung mit erich. paula sucht also einen mehr erdennahen weg zum du. paula sucht eine basis, auf der sie erich treffen kann, damit sie dann ihre gemeinsamen schweinereien machen können.
jedes noch so rigide system hat irgendwo eine lücke, durch die man schlüpfen kann. oft besteht die liebe darin, solche lücken ausfindig zu machen. paulas liebe hat gleich an den konsumladen gedacht. ihre zukünftige schwiegermutta hat den konsumladen vergessen, in dem erich immer die großen wocheneinkäufe machen muß. er kriegt da ein bücherl mit, in dem alles eingeschrieben ist. erich gibt das eingeschriebene dem herrn filialleiter, der ihm die sachen in den rucksack schlichtet, welcher langsam schwer wird und sich zum gasthaus hinüberneigt.
überall um erich herum und beinahe in erich hinein stehen mauern aus frauenkörpern, lauter mütta, in jedem alter mindestens eine mutta, vor dem laden stauen sich die früchte ihrer leiber zu dutzenden, hängen in dichten trauben am eingang, rasen auf ihren tretrollern in autobusse, holzfuhrwerke und pkws hinein, geraten unter motorräder, kombis und lkws mit anhängern, seltener unter die langsamen traktoren, vor denen man noch zur seite springen kann. es ist ein natürlicher schwund unter den leibesfrüchten zu bemerken und festzustellen. das macht aber nichts, weil man sich immer neue machen kann, wenn welche ausfallen. das machen ist schon nicht angenehm, das austragen womöglich noch weniger, das kriegen ist beileibe kein spaß, und das haben geht einem an die nieren. aber immerhin: die existenz als mutter ist wieder für einige jahre gerechtfertigt und gesichert.
jeder sieht: das ist eine komplette familie. der mann sieht: jetzt habe ich noch ein weiteres geschöpf außer meiner frau, das ich verprügeln und anplärren kann, kinderfleisch ist weich, hat aber nur eine kleine fläche.
die frau sieht: ich habe schon etwas geleistet, das soll mir ein ansporn sein, weiter etwas zu leisten.
das kindchen selbst: die hauptperson, die lebendige rechtferti-

gung für alle nutzlos vergeudete zeit, für eine zeit, die vor lauter nutzlosen tätigkeiten aus den nähten platzt, tätigkeiten, die nie für einen selber, immer nur für andre ausgeführt werden, mit dem finsteren hintergedanken, daß sie letzten endes wieder als strahlendes mutterlicht zumindest in der sonntagspredigt auf einen zurückfallen, was nie geschieht, weil die tätigkeiten zwar auf einen zurückfallen, aber nicht als ein heiligenschein, sondern als zentnergewicht, das einen letzten endes zu brei schlägt. und eines tages geht eine formlose masse namens mamma zum letzten mal mit einem längst begrabenen namens pappa ins bett.
die hauptperson aber, das kindchen, wird gewickelt und gefikkelt, bis es gehen und tretrollern kann, dann wird es geohrfeigt, mit einkaufstaschen beschwert, mit sensen hindurchgemäht, unter autos zermatscht, oder es fällt in den wildbach, dem besoffenen vater in die hände, unter das gehackte das selbstgehackte kleinholz oder in irgendwelche schänderhände. wenn man das überlebt, kann man immer noch mit 15 besoffen mit dem moped gegen den betonbrückenpfeiler prallen.
oft kann man ein kind bei einem schwach zuckenden spielversuch beobachten, von dem es sofort weggezerrt, mit kopfnüssen traktiert und mit fußtritten beladen wird, dann mit dem rucksack, und auf geht es zum viehfutterkauf. kleie und salz.
davon ahnt unsre paula nichts, während sie draußen, unter den mißtrauischen augen der mütter und auf die bewundernden augen erichs hoffend, vor der konsumtüre bonbons verteilt. alle größeren kinder dürfen ihre bonbons nicht essen, sondern müssen sie ihren kleinen säuglingsgeschwistern oder kleinstkindgeschwistern nach hause mitbringen. wenn sie doch heimlich eins in den mund stecken, gibt es gleich eine, daß die zähnchen wackeln.
oft und oft wird hier der kochende kochtopf im stich gelassen, und die frau stürzt wie eine furie zum willenlosen baby, um ihm das bekackte gewand vom leib zu zerren und mit wilder energie schneeweiße frischgewaschene schalen um das kleine dummerchen zu stülpen. dann werden viele küsse von vielen mündern auf das gefüllte strampelhöschen gedrückt. abtransport der kacke in die waschmaschine. es ist ein ständig wiederkehrendes immer neues wunder der natur, wie das häßlich

stinkende braune zeug durch etwas, das weißer noch als weiß ist, ersetzt wird. die kacke ist vergessen, wieder scheint die sonne. viele münder, die gerade bewundernd auf besuch sind, sagen dann du schweindi zu dem kleinkind und du fleißige mutti zu der glücklichen mutter.
oft hat paula einen drang nach erich. oft hat die mutti einen drang zur säuberung.
da ist er schon: erich der drang. der fesche junge mann wirkt besonders gut auf diesem hintergrund von frauenleibern, tattrigen rentnern und zu schwer beladenen minderjährigen. erich teilt den mief wie einen vorhang und ist da.
hinter dem ladentisch straffen sich knarrend weißbekittelte eheringlose frauen, darunter eine uneheliche mutter, der bub kommt jetzt auch schon bald in den wald. dauerwellen, neue kaufhauspullis unter dem kittel, flache schnürschuhe mit dikken weißen waden darüber, goldzähne und goldketterl mit kreuzerl daran. auf erich prasseln viele schwierige fragen nach der mutta, der großmutta und dem vatta nieder, erichs antworten kommen viel langsamer als die fragen. vor den fragen steht erich wie ein ochse vor dem gatter. danke gut. das neonlicht ist ungewohnt für die augen, die sich sonst immer an der frischen landluft erfreuen dürfen. das neonlicht ist unnatürlich und ungesund. erich ist so schön wie hoch.
die verkäuferinnen kriegen sofort sehnsucht nach ein wenig liebe.
erich hat nicht nur wenig, sondern gar keine liebe zu verteilen. nicht einmal seine engsten angehörigen, die sich für ihn und seine prügel mehr als einmal die hand verstaucht haben, dürfen darauf zählen, auf die liebe erichs. erich möchte gerne seinen vatta und seine mutta erschlagen, was er sich aber nicht traut. schön ist es, stattdessen ein hundchen, eine katze oder ein kleinkind zu quälen, wenn es niemand sieht.
wenn paula das wüßte.
paula ist auf liebe aus wie ein schwein auf die eicheln.
paula schnobert in allen ritzen nach erich, um ihm ihren körper zum geschenk zu machen.
das wirtshaus schaut diesem treiben still zu, wird aber bald aktiv in den kampf der geschlechter eingreifen.
wenn man besoffen ist, prügelt man zwar leichter als unbesof-

fen, hat aber weniger davon, weil man es wie in einem nebel vollbringt und nicht einmal eine gute erinnerung daran haben kann. erich muß erst noch einen brauchbaren mittelweg finden, wofür er aber viele jahre zeit hat, bis das altersleiden oder der baum herniederfällt. viele jahre der übung.
paula glaubt noch immer, daß das leben und die liebe vor ihr liegen, sie weiß noch nicht, daß höchstens ihre eigene liebe allein vor ihr liegt. alles muß man selber machen. dafür wird es dann aber auch etwas. wenn man es selber macht, dann wird es auch richtig, man kann sich schließlich auf niemand mehr richtig verlassen.
draußen quietschen bremsen. einer ist entkommen.
paula eskortiert erich samt seinen einkäufen in die alte scheune hinein. eine menge gesunder landkinder sind vor ihr da hineingegangen und als kranke wieder herausgekommen. manche schon haben dort ihr glück gefunden und es anschließend wieder verloren, die meisten haben dort ihr unglück gefunden. wenige haben dort etwas gefunden, das spaß gemacht hätte. das glücksgefühl ist hier nicht die regel, hier herrschen die kalkulationen, die additionen und subtraktionen vor. es ist eine eisige kälte.
hier hat sich schon einiges nicht erfüllt, was erwartet worden war. hier haben schon einige gesagt, bald sind wir drei. hier ist schon manche ehe und manches herz gebrochen worden. hier herrscht die leidenschaft, die aber noch keiner zu gesicht bekommen hat. hier geht man als emotioneller krüppel hinein und als emotioneller krüppel wieder hinaus. was dazwischen war, ist garnichts, ändert nichts. hier herrscht das gesetz des unterleibs, zum unterschied vom gesetz des waldes, das bei der arbeit zur anwendung kommt. anschließend schlucken einige verschiedene omolaugen die verschiedenen verdreckten unterhosen, die als frischgewaschene in die scheune hineinmarschiert sind.
erich stolpert ein wenig unter dem schweren rucksack und unter dem einfluß vom herrn alkohol. paula hat herzstechen und atemnot, weil sie auf etwas großes wartet. der große erich ist schon da, sonst kommt nichts großes mehr nach.
paula hat sich sehr auf die liebe gefreut, die sie aber nicht bekommt. noch lange, nachdem erich wieder gegangen ist, sucht

paula zwischen den pfosten, in der vergammelten futterkrippe, im heu und in der jauchenrinne nach der liebe.
aber paula tut nur die möse weh.
und erich steigt den berg hinan – dulieh!
paula ist darüber informiert, daß die liebe bei einem verlust, einem unglücksfall, einem unfall mit dem sportauto, einem tod unter dem chirurgenmesser oder einem tragischen selbstmorde wehtut.
wie ist es also möglich, daß die liebe wehtut, wenn sie kommt? nicht nur, wenn sie geht?
paula sitzt im heu und wischt sich das blut mit einem sonntagstaschentücherl ab. beinahe augenblicklich ist das wunschkind in ihrem hirn zu einer furchtbaren angst und einer akuten gefahr geworden. vom wunschkind zum angstkind. paula und die folgen.
wenn paula schon mit ihrem unterentwickelten körper, ihrem kümmerlichen geist, ihrer angebrochenen schneiderei und ihrem neuen roten kleid erich nicht festhalten konnte, wenigstens für mehr als zwei minuten, wie sollte paula erich mit einem kinderl festhalten können?
wir haben die liebe zwischen erich und paula deshalb nicht geschildert, weil es sie nicht gegeben hat. es war wie ein loch, in das man hineinstolpert, und nach dem man wieder weiterhumpelt. gebrochen ist nichts, außer einem menschenkinde in der blüte seiner jahre.
der waschtag zuhause schluckt anstandslos auch das rote taschentuch. genauso wie er die verschwitzten arbeitshemden vom vatta und vom bruda geschluckt hat. so eng liegen die freude, das leid und die arbeit beisammen.
für paula ist es eine schwere arbeit, erich zu bekommen und zu behalten. die liebe sitzt nun nicht mehr im unterleib, sie sitzt nur mehr im kopf. im unterleib ist alles abgestorben und nichts mehr zu verspüren.
damit erspart sich der unterleib eine menge.
lieber eine glänzende neue wohnküche als eine freude im bauch. freude vergeht, aber die küche besteht.
auch eine waschmaschine muß her.
paula muß jetzt die leistung einer maschine mit dem geschick eines seiltänzers verbinden.

was ihr droht, ist mehr als ein absturz.
was ihr droht, ist das ausbleiben von ihrem monatlichen übel.
und nicht immer ist es schön, wenn ein übel ausbleibt.

leider

gibt es nicht nur gartenwochenenden, denkt brigitte, nach der soeben die pflicht gerufen hat: brigitte, komm!
viele gehen als unveränderte menschen in die arbeit hinein und kommen als verhärtete verschlechterte menschen wieder heraus.
brigitte will sich nicht verhärten, sondern schwängern lassen.
in brigittes kopf sitzt nichts als heinz.
heinz sitzt am ende eines langen sumpfes wie man ihn ähnlich in den köpfen vieler ihrer kolleginnen finden kann. nur, daß nicht am ende jedes sumpfes ein heinz sitzt und winkt, auch keine vernickelten wasserhähne, keine badezimmerarmaturen, boiler, heißwasserspeicher und toilettenmuscheln.
an den enden der vielen andren sümpfe warten leute, die geistig, körperlich und charakterlich tief unter heinz stehen.
oft haben sie auch kein pflichtbewußtsein.
auch brigitte hat kein pflichtbewußtsein. in der ehe wird brigitte pflichtbewußtsein lernen wie es schon viele junge frauen, die vorher ziemlich leichtlebig und locker gewesen sind, gelernt haben.
heinz besteht – aus pflichtbewußtsein gegen seinen erholungsbedürftigen körper und seine freunde – zum kegeln. b. geht aus mißtrauen und argwohn gegenüber heinz zum kegeln mit.
oft sieht heinz beim kegeln fremde frauen, manchmal sogar solche ohne rechtmäßigen besitzer.
herrenlose frauen sind sehr gefährlich für einen jungen ungefestigten menschen wie heinz, der in der ehe erst gefestigt werden soll.
wenn brigitte anschließend ihren heinz ganz und in einem stück im bett hat, daß der biergestank in alle richtungen da-

vonspritzt, dann hat sie ein echtes gefühl der dankbarkeit, da gehen die froschschenkel wie von geisterhand bewegt von selbst auseinander.
zu verspüren ist zwar immer noch nichts, aber diese unheimliche erleichterung lockert brigitte auf.
das ist nötig, denn wieder liegt ein harter arbeitstag vor ihr.

da ist es

da ist es bei paula auch schon ausgeblieben.
auf die angst vor dem ausbleiben ihres monatsübels, an das noch keine frau in paulas umgebung anders als an ein übel denken konnte, ist auch schon unaufhaltsam das ausbleiben gefolgt.
bis jetzt ist durch die liebe noch nichts gekommen, jetzt ist etwas ausgeblieben, das anzeigt, daß etwas kommen wird, das paulas funktion aktivieren soll. etwas GROSSES.
der atem des lebens bzw. der schwanz von erich hat paula gestreift und nicht nur gestreift.
die schneiderei ist noch immer da, nur erich ist immer weg.
paula darf den berg nicht hinauf, was ihr nichts ausmacht, weil ihr süßes geheimnis, wie man es nennt, sie auch im tal einhüllt.
das süße geheimnis paulas muß erst dem manne, den sie liebt und der sie, anvertraut werden, damit die heirat folgen kann.
bald wird das geheimnis paulas gesicht weicher, ihren blick inniger, ihren bauch dicker, ihre brüste schwerer, ihr kreuz schmerzender und ihre hosen voller machen. grund: paula hat schiß vor ihren eltern, die grob sind, aber ein geheimnis, das süß ist.
paula hat erich noch immer nicht gesagt ich liebe dich, weil sie ihn kaum kennt, jetzt geht das gleich in einem aufwaschen: ich liebe dich, und ich bekomme ein kindchen von dir.
paula muß es auch ihrer mutta und ihrem vatta mitteilen. au weh.

paula braucht erich in dieser zeit der erwartung ganz besonders, weil das für jede frau eine krisensituation bedeutet und für jeden weiblichen organismus eine belastung, aber eine freudige. paula braucht in dieser zeit der guten hoffnung besonders viel verständnis, pflege und schutz vor wilden tieren, grober arbeit, harten schlägen und unmenschlicher behandlung. bei jeder unmenschlichen behandlung, und sei sie auch noch so klein, denkt paula das würde euch leid tun, wenn ihr wüßtet, daß ich ein werdendes leben in mir fühle. das ungeborene leben reckt sich in paula der sonne entgegen.
paula stellt sich manchmal in ungesunden alpträumen vor, was geschehen würde, wenn sie ihrem vatta sagte: du pappa, ich brauche jetzt besonders viel hege und pflege, weil sich in mir etwas ungeborenes der sonne entgegenstreckt und reckt. eine eiserne hand des entsetzens umklammert paula dann. obwohl ihr pappa selber kinder gemacht hat noch und nöcher.
wird er sagen, hurra, da kommt jetzt gerade mein enkelkind aus meiner tochter heraus, herzlich willkommen, nur hereinspaziert! und nun haben wir wieder junges, eben erst gewordenes babyleben in unsrem haushalt, hauptsache glücklich?
und die mutta, wird sie ein sachverständiges expertinnengutachten über diesen frohen, langen aber nicht endlosen zustand abgeben? wird sie ihre tochter mit pflege und wartung umgeben? wird sie bei der beschaffung der babyausstattung helfen? blau oder rosa? oder gelb? das macht spaß. dann lebt nicht nur paula, dann lebt sogar noch ein zweites leben ein gutes leben. gleich zwei glückliche leben statt einer einzigen schneiderei.
und erich, der glückliche vater, wird jede freie minute bei mutter und kind verbringen, wird jede freie minute auf seine junge frau aufpassen, den alkohol lassen, niemand mehr hassen, kein geld mehr verprassen und so fort.
paula hat vor, ihr ganzes überladenes innere ihrer mutta zu eröffnen. der grund: die mutta ist selber mehrmals mutta geworden und versteht daher diesen zustand, in dem paula schwebt. sie versteht diesen zustand sogar besser als ein mann, der immer nur ein vati sein kann und mit diesem scheißkram nichts weiter zu tun hat, das ist frauensache. paula erzählt die frauensache einer frau, nämlich der mutta, die eine frau ist.

paula setzt vertrauen in die weiblichkeit ihrer mutta, das enttäuscht wird.
die mutta spitzt paula an und hämmert sie in den grund und boden hinein. und alle kinder, die einmal vor zeiten mutters bauch beschwert haben, scheinen fleißig mitzuhämmern, so eine kraft hat die frau auf einmal.
paula hat bisher nur axtschläge im wald so laut widerhallen hören. es wäre eine lustige arbeit, das paulaerschlagen, würde sie nicht mit soviel haß ausgeführt. liebe verbindet, aber haß, der trennt. die mutta von paula haßt paula wegen des kindes in deren bauch. verschiedene wichtige organe paulas zerbrechen unter dieser behandlung.
die mutta von paula hat schon mehrmals ihren mann gehaßt wegen der kinder in ihrem bauch, wegen der mehrarbeit und dem ekelhaften geburtsvorgang, hat auch schon viele male die kinder in ihrem bauch und später die kinder außerhalb ihres bauches gehaßt, jetzt ist die mutta endgültig übergeschnappt, sodaß sie nicht nur ein kind außerhalb ihres bauches im tochterbauch haßt, sondern die tochter gleich mit dazu. die leute werden glauben, daß man die eigene tochter unrichtig erzogen hat. so eine schande und ein spott. zu dieser wahnsinnigen arbeit jeden tag auch noch schande und spott. gleich aus dem stegreif könnte die paulamutta über ein dutzend leute aufzählen, alles holzarbeiter samt anhang, die sich schadenfroh über ihr unglück, ebenfalls aus dem stegreif, freuen würden.
zum teil leute, über deren unglück (debiler sohn, vater sitzt wegen kinderschändung, mutta ausgeräumter unterleib, vatta vom baum erschlagen, mutta weggerannt und in die fabrik hinein, kind in der schule zum zweitenmal hockengeblieben, führerscheinentzug wegen trunkenheit, absturz in den bergen, nagelneuer stuhl vom sohn zerschnitten etc.) man sich selbst einmal unheimlich gefreut hat.
womöglich werden diese kretins sich jetzt über das eigene unheil noch mehr freuen, was eine grauenhafte vorstellung ist.
die paula bekommt ein kinde.
die paula bekommt ein kinde!
es ist ein lustiges hassen in dieser talsohle.
der haß rollt wie ein lauffeuer von einem berg zum nächsten.

und paula mittendrin, vielleicht sogar als anstifterin.
die paula kommt ganz lieb zu ihrer ebenfallsmutta getippelt, steckt das unfrisierte köpfchen unter deren arm, wie es die kleine paula früher in der unglücklichen kinderzeit immer getan hat, kommt ganz lieb zum beichten und will ein paar strick- sowie häkelrezepte für das herzige blaue oder rosa jakkerl, das sie stricken, wirken oder häkeln möchte für die frucht erichs. paulas vertrauen wird wie üblich mit fürchterlichen prügeln und überlautem haßgeschrei belohnt.
paulas kopf hängt nur mehr an einem faden, sie hat kaum einen heilen fleck am werdendemutterkörper.
und wenn erst der kräftige vater auf der bildfläche, die sich wirklichkeit nennt, erscheint!
da tritt er schon auf, erfährt die neuigkeit im telegrammstil, nur keine kostbare prügelzeit verlieren, die mutta ist von den paulaprügeln noch ganz atemlos, sie kriegt die geschichte gar nicht ordentlich und mit allen kausalen zusammenhängen hin, sie muß hauen und wieder zuhauen.
und es geht gleich weiter, auf auf zum fröhlichen jagen, das ist die schönste zeit dafür, wer war das schwein, wer ist das schwein, welches schwein muß jetzt heiraten, ob es will oder nicht?
ein wunder, daß keine fehlgeburt auf diesen aufregenden tag folgt.
erich mit dem schweinekopf.
mit paula ist in der nächsten zeit nicht soviel los wie sonst. viel war mit paula noch nie los. man sagt, daß seelische wunden oft viel mehr wehtun als körperliche, aber die körperlichen wunden paulas sind in diesem falle auch nicht von pappe, sie brauchen viel pflege und einiges an zugsalbe.
paula fühlt sich als ein unangenehmer gegenstand behandelt und nicht als der mensch, der sie ist. wenn die eltern auf einen harten, unnachgiebigen gegenstand eingeprügelt hätten, hätten sie sich wahrscheinlich sogar das handgelenk gespalten.
über paulas seelische verfassung braucht man hier kein wort mehr verlieren. sie ist ein steinharter, eingefrorener mensch geworden.
und kein erich kommt zu hilfe. der erich gehört dem wald, aber der wald gehört keineswegs erich.

also kein gespräch von frau zu frau. die ausgeschnittenen häkelmuster liegen zerknüllt, verdreckt und geschändet auf dem boden.
paula ist zwar ungeschändet, aber trotzdem mutlos. dem kind im engen unterleib droht das beliebte und bewährte seifenlaugenbad, das aus ihm ein engelein machen soll, was aber manchmal nicht funktioniert, weil sich das werdende leben zu fest an den mutterboden krallt.
gute kochendheiße seifenlauge aus guten sauberen bunten waschmittelpaketen mit viel gutem gift drinnen. das würde sogar den vatta umbringen, wenn er es essen würde. der vatta hat aber holzknechtwurst lieber.
ein parlamentär ist zu erich durch wälder, felder und wildbäche unterwegs. die situation ist keineswegs romantisch.
bis zur hochzeit werden die abschürfungen, blauen flecken, platzwunden und quetschungen hoffentlich wieder abgeklungen sein.
in paula klingt ein lied, aber sehr schwach.
statt der wunden ein bodenlanges weißes spitzenkleid samt schleier.
keine seifenlauge, sondern eine schöne blumenhaube.
keine aborte, sondern eine gute hochzeitstorte.
kein toter embryo klein, sondern ein guter braten vom schwein.
aus der wohnküche starren die haßblicke wie stacheln, soviele stacheln, daß man die küche kaum betreten kann.
viele enttäuschte leben und hoffnungen rächen sich nun gleichzeitig an paula.
der letzte rest sinnlichkeit in paula versickert im boden. es ist eine totale körperliche empfindungslosigkeit.
die versuchte abtötung der kleinen susanne in paulas bauch gelingt nicht. die abtötung von vatta und mutta ist vor vielen jahren schon erfolgt. für paula ist eine welt zusammengebrochen, was nichts macht, weil die welt sowieso in keinem stückchen paula jemals gehört hat.

ich habe eine freundin sogar

ich habe eine freundin, die auf das gymnasium geht, gibt brigitte gegenüber einer sekretärin und deren kanarischen inseln an. bei dem gedanken an susi, die natürliche feindin, krampft sich brigittes magen zusammen, fast geht der filterkaffee in ihr über und kommt aus mund und nasenlöchern wieder herausgeronnen. gleich hat brigitte eine hoffnung, daß es diesmal geklappt hat mit dem schwangerwerden. es war aber nur susi in ihr.

brigitte gibt an, daß sie von susi wie ein mensch behandelt werde.

die sekretärin ruckt mit besitzergreifenden gebärden verschiedene büroeigene gegenstände zurecht. sie fühlt sich ihrem chef zugehörig, sie fühlt sich brigitte keinen augenblick zugehörig. zwischen brigitte und ihr ist auch eine tiefe kluft. die kluft zwischen ihr und brigitte heißt handelsschule.

weiter ist nichts zu sagen, nur zu spüren.

weiter ist nichts zu tun als zu warten.

brigitte und paula warten auf die ehe.

heinz ist ein guter mensch, weil er brigitte wegen ihrem kinde heiraten wird und ihr ein leben im geschäftsleben einrichten wird.

die zeit des wartens kann man hier weder mit musik, noch mit einem guten spannenden buch, noch mit einem fernsehprogramm, noch mit einem kegelabend ausfüllen. die zeit des wartens müßte eine zeit der leeren seiten werden. erich ist ein schlechterer mensch, weil er paula wegen dem kinde nicht heiraten möchte. er muß es aber trotzdem.

wieder einmal hält der zu kurz gekommene heinzvater seinen sohn im polizeigriff nieder, und die abgenutzten bandscheiben helfen fleißig dabei. sie morsen schmerzsignale zum hirn des vaters empor. der vater spricht mit der wucht seiner ganzen desolaten lebenserfahrungen. heinz japst nach luft und susi.

susi japst nach luft unter den festen sportlichen umarmungen ihres sportlichen vaters, der auch tennisspielen kann. susis vater umarmt seine tochter, weil sie eine gute torte ganz allein vollbracht hat.

der vater von heinz hat sein leben noch immer nicht ganz zu ende vollbracht, obwohl sein kaputtes rückgrat kaum mehr etwas von nutzen vollbringen wird, weder für den brotherrn und arbeitgeber noch für den vater selber. heinz hat sein leben noch vor sich, was er auch gerne glaubt.
brigitte hat das leben von heinz vor sich.
während der vater also heinz im würgegriff hält, mit allen ungenutzten energien des zum fernfahren nicht mehr geeigneten fernfahrers, kniet die mutter auf der brust von heinz und beschwört heinz, ihnen nicht die früchte ihrer sparsamkeit zu rauben, indem er sich eine wie brigitte in das abgesparte heim holt. eine wie susi ist ihnen lieber. sie sind aber wiederum einer wie susi nicht lieber, was sie nicht ahnen. sie halten susi für etwas minderes, weil sie eine frau ist und unter heinz steht. als frau ist susi etwas tieferes, als mensch, der einen rang in der gesellschaft einnimmt, ist sie wiederum etwas höheres als heinz.
das ist zu kompliziert für einen, der immer nur verkehrsschilder vor augen gehabt hat, fast sein ganzes leben lang.
das ist völlig unbegreiflich für eine, die immer nur geschirr und heinz im auge gehabt hat, fast ihr ganzes leben lang.
diese szene spielt sich deshalb ab, weil der vater in die frührente muß, am maskenball der schmerzen, am faschingsball, ist schon ein platz für ihn reserviert, und weil daher die höchste höhe der ehelichen ersparnisse überschritten ist. der vati steht nicht mehr mit beiden beinen mitten im leben wie bisher. er steht bis zum hals im dreck. das ist ein sehr unsicherer boden.
das leben rollt zwar weiter, aber an den heinzeltern vorbei.
alle hoffnungen hängen nun an heinz, der sie enttäuschen wird.
was sie errafft und erschafft haben, gehört heinz, geschafft haben sie es ja nicht. das wesentliche für heinz sind jetzt gesellenprüfung, meisterprüfung, elektrogeschäft.
der weg der ersparnisse ist jetzt: in heinz hinein, halt vor brigitte!
letztere hält im wohnzimmer ihrer mutter zwiesprache mit ihrem unterleib. brigitte fragt, ob das kleine ungeborene schon drinnen ist.

nein, sagt brigittes gebärmutter, noch immer leer. tut mir leid. aber vielleicht klappt es ja nächsten monat.
brigitte behält also den kopf oben. und die arbeit bleibt ihr ja auf jeden fall, sie gehört ihr ganz alleine. nie mehr einsam!
die leiche von brigittes mutter liegt auf dem sofa und liest in der fürstenhäuserzeitung. in ihrem heim ist sie königin. in ihrem eigenheim, da ist brigitte leider noch nicht.

oben in der natur

oben im kleinen bauernhaus prallen inzwischen die interessen der arbeitenden landbevölkerung aufeinander. die interessen von leuten, die niemals das interesse von irgendjemand andrem erweckt haben, die selbst nicht wissen, daß sie überhaupt so etwas wie ein interesse haben könnten. trotzdem halten sie sich für das benzin in der maschine, und paula halten sie für den sand darin.
asthma fiept durch die nase wie eine getretene maus. asthma muß nicht sprechen, um einige personen ständig in bewegung zu halten, in bewegung um ihn herum. paulas mickriger bauch, der bald schon dick aufgeschwollen sein wird, sodaß man für das gleiche geld plötzlich viel mehr kilogramm paula bekommen könnte, steht zur versteigerung. aber keiner will ihn haben. bei einem schwein wäre das ein enormer wertzuwachs. bei paula ist es ein zeichen, daß sie leicht zu haben war, zu leicht, und jetzt umso schwerer anzubringen ist.
keiner will den bauchinhalt paulas alleine, zum aufziehen und liebhaben. keiner will paula als person, mit oder ohne bauchanhang. noch nicht einmal die außenhaut paulas findet einen bieter. man kann sich ja kein sofakissen und keinen flickenteppich aus ihr nähen.
von paulas kopf ist nicht die rede. wer paulas körper und ihre arbeitskraft nimmt, der bekommt paulas kopf als draufgabe geschenkt. als werbegeschenk oder treuegabe. die weitblikkenden leute, die da über ihr eigentum, über ihr produktives vermögen namens erich beratschlagen, könnten paulas kopf als ein übel ansehen, das zuviel denkt und sich deshalb nicht mehr so richtig lenken läßt.

asthma atmet durch seine kiemen mühevoll hindurch und ächzt nach seinem mittagessen. ein ehemaliger beamter kann verlangen. paula, die erich verlangt, kann zwar auch verlangen, aber nicht bekommen. die erichmutter stürzt sich vorwärts, dem heißen herd entgegen, wo es siedet und brodelt. kaum hat der vatta, der sich beim sprechen schon schwer tut, seine befehle herausgeröchelt, schon steht das gulasch vor ihm.
fazit: paula kommt nicht in dieses haus hinein, nur über die leichen von drei erwachsenen personen. es ist keine arbeit mehr übrig, wir machen unsre arbeit allein, die frauen die frauenarbeit, der mann erich die männerarbeit, die beträchtlich ist. außerdem ist erich auch für die geldherbeischaffung wichtig. geld ist fast noch wichtiger und schwerer zu kriegen als arbeit. an arbeit fehlt es uns nie, am geld aber öfter.
die oberleitung hat herr kapellmeister asthma. er dirigiert ohne zu reden das orchester dieser krüppel. die würze zum drüberstreuen steuert muttas hüftleiden bei, das sorgt dafür, daß es in küche, keller, stall und bett nie langweilig wird. das macht die arbeit erst spritzig und abwechslungsreich.
als ein früherer beamter ist asthma zum befehlen ausgebildet worden. aber asthma hat auch eine befähigung dafür. asthma kann nicht mehr atmen, aber seine sorgfältig ausgebildeten talente kommen noch gut zum zug. eine gründliche bundesbahnschulung, die hat man sein leben lang, noch über die existenz der bundesbahn hinaus. hier hat paula nichts zu melden, wollen und sagen.
paula sitzt im sonntagskleid umher. ihr geohrfeigter kopf liegt verborgen in ihrem fußgetretenen bauch. sie ist zu einer kugel zusammengerollt wie ein igel. nur ohne stacheln. ihre hände, die noch keine schneiderprüfung über sich ergehen lassen mußten, halten das ganze haltlose gewebe zusammen. die schneiderei stiftet keinen kranz. dazu sind die beiden noch zu wenig bekannt miteinander, paula und die schneiderei. in paulas kopf erscheint eine kleine knospe, ob die schneiderei nicht doch besser gewesen wäre als erich. die knospe wird sofort ausgerissen und zertrampelt. in paulas herzen welkt der letzte stengel liebe still vor sich hin. in der abwasch dämmert schläfrig das geschirr in seiner gewohnten umgebung vor sich hin.

eine neue ladung ohrfeigen ballt sich im ranzigen fettbelag der familienpfanne zusammen, wenn sich paula nicht gleich über sie drübermacht. erich hat sich über paula drübergemacht, das hat keinen von beiden weitergebracht, außer ins unglück die paula, wo sie schon vorher drinnen gesessen hat. das hat erich im grunde genommen sogar zurückgeworfen in seiner karriere als automobilist und mopedfahrer. ein kind kann einem ja die haare vom kopfe essen, wenn es will.
hoffentlich siegt das moped in diesem interessenkonflikt, hofft erich. nachdem erich also diesen entschluß, für das moped, gegen paula, in asthmas froschaugen hinein verkündet hat, besteigt er den sieger moped und jagt gegen westen in die untergehende sonne hinein. asthma ist erleichtert. das moped, diesen nutzlosen geldverschlinger, wird er dem buben schon noch austreiben, eins nach dem andren.
die erbosten paulaeltern rasen den berg hinunter, in die arme paula hinein, einige male wieder hinein und wieder hinaus in und aus paula, und wie sie die ruine paula verlassen, die nicht einmal das geschirr gewaschen hat, sind von ihr nur mehr ein paar knöchelchen und federchen übrig.
der westen dagegen ist erfüllt von erich. im westen sind neue sommergäste, auch weibliche, angekommen.
jetzt kommt auch die liebeskunst erichs endlich zu ihrem recht.
paula leidet so, daß sie fast wahnsinnig wird. sie glaubt, daß ihr aus allen öffnungen der verstand davonrinnt, aus jeder öffnung ein wenig verstand, bis sie leer ist. sie rennt mit ihrem armen kopf immer wieder gegen die wand, die guten eltern sind froh, daß sie sich so die prügel ersparen, das besorgt paula also schon selber, bravo.
von der mutter ist keine weibl. solidarität zu erwarten. wenn sie schon an krebs krepieren muß, dann soll wenigstens die paula ein wenig seelisch leiden, was viel weniger schlimm ist als die körperlichen schmerzen, die der mutti demnächst ins haus stehen. der vater sagt jetzt kannst du die schneiderei weiterlernen, damit du dein kinde erhalten kannst.
paula quäkt jämmerlich nein, sie will bei ihrem kinde sein, wenn es erst angekommen sein wird, sie will dann ihr kinde vom zug abholen und jeden augenblick um es herum sein. sie

will keine berufstätige mutta sein, worunter ein kind leidet. paula will lieber selber leiden.
dem vatta tut es jetzt natürlich leid, daß er paula nicht schon damals mit der schneiderei totgeschlagen hat, aber jetzt ist es zu spät.
paula lauert erich auf. sie tut es nicht mehr für sich persönlich, sie tut es für das kommende babyleben, das da kommen soll, und das wichtiger ist als sie.
erich ist ihr jetzt fast gleichgültig, aber dem kind, wenn es reden könnte, wäre erich nicht gleichgültig, sondern vatta. paula lauert hinter dem haselnußstrauch, hinter dem holunderbusch oder dem birkenbankerl.
von dort springt sie mit einem kriegsgeschrei auf erich los, der so arm und müde von der arbeit kommt. er ist müde müde müde müde müde. seine hände sind kaum mehr menschlich, sondern mehr baumartig, wie wurzeln. erich sabbert dem heimathafen und feierabend entgegen. paula strapaziert erichs letzte reserven. und dabei hat sie an dem menschen erich gar kein interesse mehr, nur am künftigen vatta erich. sie stürzt sich nach vorn, hängt sich dem erich ins kreuz und spricht von der liebe und dem kind. paula erzählt von ihren empfindungen, die für erich vorhanden sind. paula empfindet für erich überhaupt nichts mehr, erich für paula noch weniger als nichts mehr. aber paula ist noch so kurz aus der schule heraus, daß sie die vielen worte noch kennt, mit denen man gefühle sagen kann. erich war nie lange genug in der schule drinnen, daß er die worte für irgendetwas geistiges wüßte.
außer für bier und schnaps. haha. immer wird im zusammenhang mit etwas geistigem hier als witz schnaps, bier oder wein genannt.
ein guter witz.
paula sagt ich brauche dich erich und unser gemeinsames kind braucht dich auch, vielleicht sogar nötiger als ich dich brauche, erich, wo ich dich schon so nötig brauche!
weil soviele leute ihn bauchen, wird erich langsam zornig. da er zu schwerfällig ist, um diese leute abzuwehren, haut er wie ein irrer um sich, trifft aber oft nur sich selber. in letzter zeit trifft er oft die paula, was ihm eine gewisse befriedigung verschafft.

erich erfaßt, daß auf einmal seine entschlüsse und handlungen für einen andren wichtig geworden sind. daß jemand von ihm ABHÄNGIG ist. daß jemand ihm in gewisser weise AUSGELIEFERT ist. das gibt ein schönes neues gefühl. erich will das neue gefühl auf seine brauchbarkeit hin testen.
niki lauda hat auch schon viel getestet, sogar tolle formel I wagen.
dies schießt erich durch den kopf.
beide gehen in die alte scheune, jetzt ist es ja egal. paula hat schon so viel ausgehalten, das hier ist im vergleich dazu eine richtige erholung. endlich kann man still am rücken liegen und sich ausruhen.
über das abgemähte feld zieht ein schwarm vögel in den wald hinein, einer hinter dem andren, bald kommt der herbst.
für Ihr geld können Sie hier nicht auch noch naturschilderungen erwarten! wir sind doch nicht im kino.
paula liegt ganz still und ruhig auf ihrem rücken, sie hat in einem bild- und blickausschnitt den verarbeiteten rücken erichs, der da an ihr herumfuhrwerkt, aber sie kann sich auch ein wenig ausruhen und in den blauen himmel hinaufschauen, es wird schon kalt, bald werden die ersten schneewolken auftauchen. nur zukunft taucht keine auf. vom boden steigt ein nebel auf, der wald wächst zu einer mauer zusammen, die hellen stämme verschwinden im dunkel. die natur ist etwas unerbittliches, denkt paula. sie ist dem menschen überlegen, sie ist eine urgewalt.
ist da nicht ein kleines reh? bald beginnen die abendnachrichten im fernsehn!
endlich kann sich paula einmal ausruhen und dabei vielleicht noch erich an sich fesseln.
den leichten schmerz dabei kann man vergessen, es gibt ärgere schmerzen, die paula nennen könnte. die liebe ist ein kleinerer schmerz in der hierarchie der schmerzen. denn, als sich erich ungefesselt von ihrem bauch erhebt, fast unbeeindruckt, sich abwischt und ihn wieder verstaut, sich zuknöpft, fällt wieder eine hoffnung von paula herunter ins faulige heu hinein. wenn man aber schon eine hoffnung verloren hat, hat man sich doch wenigstens ausruhen können. auch dem baby tut das liegen gut.

es ist keineswegs zärtlichkeit in paula. es ist überhaupt nichts in paula. wenn alle hoffnungen endlich von paula abgefallen sind, wird sie ganz federleicht sein, wie ein junges kätzchen oder küchlein.
alle die fleischhauer! selcher! tischler, uhrmacher, bäcker und rauchfangkehrer sind am horizont verschwunden. hinter den krähen her.
die schneiderei packt gerade ihre koffer, sie will den letzten postautobus noch erreichen.
die liebe hat gar nicht erst ausgepackt und eingeräumt.
die arbeit ist zu einem pflegefall geworden, sie streicht die laken in ihrem spitalsbett glatt.
es ist keineswegs liebe in paula.
wenn etwas in paula ist, dann ist es der haß, der wächst und wächst.
diese gefühle sind nicht von selber in sie hineingekommen, da haben einige schwer dran arbeiten müssen.
die dunkelheit kommt herunter, im wald fangen einige tiere zu rascheln an, im fuchsbau rührt sich etwas, zwei müde männer gehen rasch über die dorfstraße, sie wollen heim, zur familie und zum fernsehn. einzelne lichter gehen an. in einigen küchen schreien einige kinder. die mutter bringt das abendessen auf den tisch. ein scheinwerfer schraubt sich mühsam durch den nebel. keiner denkt an den wald als an eine landschaft. der wald ist eine arbeitsstätte. wir sind doch hier nicht in einem heimatroman!
es ist keineswegs mehr hoffnung in paula.

wir müssen das schicksal brigittes an dieser stelle ein wenig abrupt abreißen

da wir das schicksal brigittes in der hand halten, können wir es auch an jeder beliebigen stelle wieder abreißen.
brigittes gefühle machen keine wandlung durch, sie schlagen immer gleichbleibend für heinz, und heinz schlägt immer wieder zurück.

hier soll von gefühlen die rede sein, nicht aber von tatsachen.
brigitte ist gefühlsunfähig. daher ist nichts über brigitte auszusagen.
brigitte macht keine tatsachen, die tatsachen brechen über sie herein.
brigitte macht jetzt einen pullover für heinz.
der pullover geht nur langsam vorwärts, weil brigitte ihre arbeitszeit für die arbeit und ihre freizeit für die überwachung, wartung und sexuelle betreuung von heinz aufwenden muß.
angeblich wird sich jede frau, die einen von brigitte genähten BH anzieht, wie eine königin vorkommen.
brigitte wird sich erst in ihrem schönen heim wie eine königin vorkommen.
außerdem hat brigitte die fähigkeit, kinder zu gebären, was nicht jeder hat. sie hofft, bald ein solches kind gebären zu dürfen.
seit brigitte heinz kennt, drängt es sie dazu, ein kind zu gebären. wenn das kein gefühl ist, was ist dann ein gefühl?
brigittes herz hat gesprochen, es hat heinz gesagt. brigitte folgt diesem herzen, wohin es sie führt, nämlich zu heinz.
100 mal kriegt sie dort einen tritt in den hintern, aber beim hundertundersten mal kann brigitte die erfolgsmeldung melden, daß das kind zu erwarten ist. dann wird die sonne auch für brigitte scheinen. brigitte kauft sich schon heute einen neuen bikini für diesen sonnentag.
das kind wird ein wunschkind werden. das kind wird von brigitte gewünscht, nicht aber von heinz.
das ist zwar ungünstig, aber dafür wird dem kind der einstieg ins leben durch ein eigenes elektrogeschäft sehr erleichtert.
brigitte selber hat einen schwereren einstieg ins leben gehabt.
oft empfindet brigitte etwas als ihre eigene schuld, was eigentlich ein fremdverschulden ist.
sie glaubt zum beispiel, daß es ihre eigene schuld ist, wenn sie am band arbeiten muß. wo es doch einzig und allein die schuld von heinz ist, der sie nicht heiraten und vom band erlösen will.

brigitte hat oft im kino gesehen, daß es schwer ist, wenn man mit einer schuld leben muß.
der lebenslauf brigittes wird ohne nennenswerte ereignisse immer weniger und weniger. wir können uns in zukunft darauf beschränken, nur einige stichworte zur allgemeinen lage abzugeben, bei denen wir die besonders unangenehme lage brigittes immer kurz erwähnen wollen.
alles, was jetzt noch kommt, besteht in einem warten und in sich hineinhorchen, ob da endlich bewegung und beeilung stattfindet.
die fronten sind geklärt und erklärt.
es finden keine ereignisse mehr statt bis auf das eine große ereignis. die arbeit findet weiterhin statt.
das ist schmerzhaft genug.
auch die geburt ist eine schmerzliche erfahrung, die aber durchgestanden werden muß, damit die kindesschenkung stattfinden kann.
die kindesgeburt soll schließlich nicht dazu dasein, damit das kinderl eine freude damit hat, sondern damit der beschenkte mann eine freude hat. mit heinzens familiennamen und der vielen guten sicherheit, die so ein name mit sich bringt, ist auch das kind beschenkt genug.
kind und frau stehen stets in der schuld von heinz.
man kann dem kind jetzt schon garantieren, daß es anschließend nicht mehr viel freude haben wird, außer die schwiegereltern sind zu besuch oder ein wichtiger kunde. die demütigung der mutter schlägt sicher auf das kinderl zurück, zuerst wird das erste verhauen und beschädigt, dann wird gleich das nächste verfertigt. ein kind kann opfer des allgemeinen verschleißes oder des großstadtverkehrs werden, eins muß in reserve gehalten werden. man macht lieber ein kinderl auf vorrat und auf verschleiß berechnet.
vielleicht ist das kind auch besser als die nähmaschine, mit dem kind kann man in der frischen luft spazierengehen, mit der maschine nicht. die maschine hat kein herz, das kind ja.
außerdem steht die maschine in der fabrik und das kind zuhause in geordneter umgebung.
es kann noch monate dauern, hier sind es noch viele buchseiten, bis das kinderl seinen kopf aus dem unterleib streckt wie

ein wurm aus dem apfel, vielleicht kommen wir hier gar nicht mehr so weit. vielleicht müssen wir vorher abbrechen. das macht aber nichts, wir wissen ja, wie es weitergeht. das leben geht ohne überraschungen weiter, aber in geordneten bahnen.
brigitte betritt heute genauso hoffnungslos wie immer das desolate heim ihrer desolaten mutter, und da steht auch schon heinz am klo und holt sich einen ersten herunter, damit er später beim zweiten nicht mehr so gierig ist und besser aufpassen kann, daß ihm kein milligramm zuviel und ins falsche loch zur falschen zeit auskommt, damit er nicht eingefangen wird und sich zu einem gefangenen statt zu einem freien unternehmer entwickeln muß.
brigitte schlägt kreischend, vor leidenschaft, wie sie heinz nachher erklärt, auf ihn ein. anschließend pflanzt sich brigitte hin und heinz auf sich drauf, in ihrer konservativen art. sie hat eine tüte mit nußkipferl bei sich, die sie gleich davonschleudert, um die hände freizuhaben, um heinz festhalten zu können, um nicht loslassen zu müssen, um schön angefüllt zu werden.
die nußkipferl rollen derweilen auf den unsauberen dielenbrettern davon. die ganze zeit während des intensiven fickens mit heinz denkt brigitte an die nußkipferl, die sind jetzt drekkig und hin, schade. heinz denkt flüchtig, wird es bei mir auch so dreckig ausschauen, wenn ich vielleicht doch die trauung vollziehen muß?
brigitte, die seine gedanken erraten hat, antwortet nein, wenn es mein eigenes ist, dann arbeite ich für dessen pflege und erhaltung.
nur für das eigene.
auch heinz ist nur für das eigene. da treffen sich beide.
nur das eigene ist das einzige eigene, das man hat. was man hat, das hat man, was man nicht hat, muß man zu bekommen trachten. wenn man es nicht kriegt, geht es einen auch nichts an.
fremdes eigentum ist tabu. heinz ist brigittes eigentum, daher tabu. für susi und für Euch alle.
heinz will sich rasch zurückziehen, bevor es zu spät und in brigittes innenraum ist, aber brigitte schnappt zu, ihre gedan-

ken sind zwar noch bei den armen nußkipferln und der gedrückten neuen handtasche auf dem fußboden, aber ihre körperkräfte sind automatisch ganz auf heinz konzentriert.
heinz empfindet eine lust und schreit laut auf.
brigitte würde ihm am liebsten den ganzen lurch unter dem sofa ins maul stopfen, daß es ihm bei den ohren wieder herausquillt.
heinz schreit nochmals laut auf, daß man merkt, er hat spaß bei der behandlung und handlung.
brigitte grunzt gequält. ihre augäpfel verfolgen den weg der nußkipferl mitten hinein in den dreck am fußboden. die mutta ist doch eine alte sau, daß sie nicht aufkehrt, wo sie doch nicht einmal für einen mann sorgen muß.
heinz schreit immer schneller, in immer kürzer werdenden abständen, laut auf. das macht ihm einen solchen spaß dem rindvieh.
brigitte würde gern seinen brüllenden kopf gegen die wand donnern. wenn er schon muß, kann er es nicht leise machen? das kinderl spritzt doch aus ihm heraus, ob er jetzt leise oder laut ist.
die mutti sitzt derweil diskret und weggeräumt in der küche. sie schweigt ganz still, um das glück ihres kindes da drinnen nicht durch eine voreilige äußerung zu gefährden.
im wohnzimmer findet das glück brigittes noch immer statt.
heinz schießt mit einem markerschütternden schrei ab. die nachbarn werden sich beschweren. vor dem jungen geschäftsmann werden sie sich aber beschämt mit eingekniffenem schwanz zurückziehen. unter entschuldigungen.
der markerschütternde schrei beweist, daß nur die liebe die welt bewegt. daß die liebe und heinz, daß beide die welt bewegen. höchstpersönlich.
brigitte ist unbewegt, aber sie ist voller schleim, voller übelriechendem schleim. also bewegt brigitte die welt nicht, sondern die liebe bewegt die welt.
brigitte muß sich beinahe erbrechen, so schlimm war es schon lange nicht. heinz eilt zu seinen kameraden auf den sportplatz. brigitte putzt die armen nußkipferl ab, sie hat so mitleid mit ihnen.

jetzt wird paula

jetzt wird paula langsam dicker, was sehr häßlich aussieht. in paula steigen schamgefühle auf. seit langer zeit wieder einmal gefühle, aber keine guten.
oft treffen im dorf, wenn paula sich, im schutz eines weiten wetterflecks, ansonsten aber ungeschützt, zum einkaufen begibt, kleine steinchen ihren hinterkopf, ihren arsch, ihren bauch, ihre waden oder die einkaufstasche, schlimmstenfalls die einkaufstasche und darin die flasche zum zurücktragen, die dabei kaputtgeht.
zuerst ist etwas in paula zerbrochen, jetzt ist auch noch die pfandflasche zerbrochen.
paula hat das gefühl, daß das ganze dorf diesen ungünstigen zeitpunkt genützt hat, um die kinder und die guten legitimen sorgen mit den männern herzuzeigen. überall auf der straße steht eine menge geld und gut herum.
paula hat kein geld und ist nicht gut gewesen.
paula gilt als werdende mutter, aber nicht als werdende hausfrau.
paula ist so gut wie tot.
die andren frauen sind so gut wie lebendig, was aber noch nicht lebendig ist. ihre männer tun immer sehr lebendig.
wenn einmal einer an leberzirrhose statt an krebs stirbt, so ist das eine abwechslung. man kann dabei fremdländische symptome austauschen. manchmal bringt man zur einkaufszeit einen blutigen holzarbeiter mit dem jeep ins spital.
aus den legal schwangeren frauen ertönt wie aus einem munde ein entsetzter aufschrei. sie pressen die hände gegen ihre schockempfindlichen unterleiber und hoppeln heim zu ihren müttern und weibl. verwandten. dort bergen sie die köpfe in den verschiedenen schößen und fürchten für ihre ungeborenen bälger, die nach diesem anblick als krüppel auf die welt kommen könnten.
sofort werden in den verschiedenen haushalten die rechtmäßig schwangeren lang hingelegt, an die werdenden putzerln erinnert, und anschließend warm zugedeckt.
es ertönen tröstungen, die meistens besagen, daß es ja den

genen mann hätte treffen können, daß es aber gottseidank einen fremden mann getroffen hat, dessen frauchen sich jetzt die augen ausweinen muß. bald versiegen die tränen wieder, die zuckenden bäuche beruhigen sich langsam, aus den nasen schallt ein getröstetes schnüffeln.
paula, die keinen solchen mann ihr eigen nennt, macht sich ganz winzig und drückt sich in den schatten eines hausdachs. sie verschmilzt mit ihrer umgebung zu einem nichts.
während ihre frauenkolleginnen sich in die kissen drücken und die schwere ihres vollen körpers genießen, ist paula mit der finsternis eins geworden.
verschiedene großmütter in verschiedenen haushalten machen die schweren hausarbeiten für ihre töchter, die im moment ihre schonzeiten genießen. paula genießt nichts, schon gar keine schonzeit.
da paula vor langer zeit einen verbotenen genuß gehabt hat, soll sie jetzt gar nichts mehr genießen dürfen.
während alle den vorgang des hörnerabstoßens bei den jungen ledigen burschen beobachten und jedes besonders große abgeworfene horn mit applaus begrüßen, geht paula aus ihrem schattigen platz still nach hause. dabei wird paula oft von einem horn empfindlich getroffen.
auch die alten männer, die keinen arm und keinen fuß mehr von ihrer ofenbank heben können, kriegen einen fast jenseitigen glanz ins gesicht und freuen sich, wenn paula von einem horn getroffen wird.
sie denken dabei an ihre eigene zeit des hörnerabstoßens.
diese zeit ist längst vorbei, was eine tragödie ist.
auf den bänken längs der bundesstraße, der hauptverkehrsader, und vor dem konsumladen stauen sich die hörnerabstoßer. manchmal stößt ein besonders mutiger kopf direkt gegen eine besonders seltene automarke. das gibt ein gejohle. manchmal liegt sogar ein blutiger kopf neben dem horn, das er gerade vorhin noch so lustig abgestoßen hat. manchmal liegt sogar ein blutiger körper neben kopf und hörnern. dann muß der forst wieder einen neuen mann suchen. soviel saft und kraft auf einem haufen, jedes herz schlägt da viel höher als vorher. hurra.
schon wieder übt sich paula im unsichtbarwerden.

aber schon wieder ist sie im zentrum der ereignisse, wo es am lautesten und lustigsten zugeht. paula, die titelheldin.
obwohl paula ständig versucht, in die erde hineinzukriechen, scharrt man sie doch wieder heraus. und die jungmänner gehen zum zweck des hörnerabstoßens immer genau hinter paula her. sie wollen die hörner abstoßen und paula gleich mit stoßen, weil das jetzt ungefährlich ist.
sie werden auf keinen fall für das kinde zahlen müssen, jedoch einen nachempfängnis-spaß erster güte haben.
mitten im kern des rudels kann man auch erich entdecken, was paula schmerzt. erich geht immer dort mit, wo alle hingehen, was viele denken, das wird schon richtig gedacht und noch richtiger gemacht werden, denkt erich richtig. krampfhaft hält seine hand, die für gröberes gemacht und ausgebildet ist, die griffstange von seinem moped fest, das moped ist sein bester freund in freud und leid. krampfhaft hält die andre hand die bierflasche fest, die ihn bald seine freude und sein leid vergessen lassen soll.
an diesen verhaltensweisen kann paula nichts ändern.
sie sucht erichs nähe. sie kann erich nur im rudel finden. gleich sind alle steifen spitzen hörner auf sie gerichtet.
paula verlangt von erich eine entscheidung ihrerbezüglich.
wenn asthma weitab vom schuß ist, oben am berg, und die mutta dort ist, wo sie hingehört, nämlich an asthmas seite unter asthmas fuchtel am berg, wo sie ihm gerade ein heißes fußbad macht und seine häßlichen schlecht durchbluteten zehen ins heiße wasser tunkt, dann soll erich plötzlich entscheidungen fällen und paula damit treffen. erich schaut in sein bier hinein, und das bier schaut aus dem glas heraus mit seinem totenkopf, der erinnern soll, daß alkohol unter umständen töten kann, wenn einen nicht die arbeit und die lebensumstände schon vorher umbringen, wenn erich also in sein bier hineinschaut, dann hat er plötzlich das gefühl, als ob er wirklich eine entscheidung entscheiden könnte.
letzten endes trifft erich jedoch nicht die eigene, sondern asthmas entscheidung.
erich trifft die entscheidung: nein.
erich hat durchaus mitleid mit paula. die tätigkeit, die er ausgeführt hat, um paulas lage herbeizuführen, hat keine erinne-

rung in ihm zurückgelassen. er kann nicht sagen, ob es schön gewesen ist oder nicht. erich kann nichts als schön empfinden als seine maschinen, die er nacheinander kaputtfährt.
das eine tut nur dem schwanz gut, es geht nicht bis ins hirn, wohin die geschwindigkeit geht, die dem ganzen körper guttut.
wenn man schnell dahinrast, dann scheint alles schlimme von einem abzufallen, in erster linie die arbeit, die das schlimmste ist, was einem passieren kann. sie muß aber gemacht werden. die paula ist zwar auch arg, aber sie muß ja nicht geheiratet werden.
paula gehört zu dem schlimmen, das von einem abfällt, wenn man mit höchstgeschwindigkeit über die landstraße rast.
endlich läßt man paula endgültig nach hause gehen. schon von weitem erkennt man eine frau, die mit einem verinnerlichten, erwartungsvollen blick, einem mütterlichen lächeln, einem behutsamen schritt und einem ziehen in den eingeweiden, nach hause geht.
es ist unsre paula.
paula grinst wie ein totenkopf, der aber erst 15 jahre alt ist, willkommen daheim, paula. wie jeden tag wartet die abtreibende hausarbeit schon.
die mutta hofft, daß das enkerl doch noch unausgebildet und nicht lebensfähig aus paula herausflutschen wird, wenn sie sich nur recht fest auf den knien herumwälzt, wenn sie schwere eimer mit heißer dreckiger lauge hebt, wenn sie sich nur recht plagen tut, die paula. aber nichts rutscht und flutscht, außer dem schweiß, der aus allen poren quillt. da unten, da muß ja ein schloß samt schlüssel davor sein, vermutet die mutta.
der gedanke, das baby mit der früheren schneiderei zu ernähren und zu bekleiden, wird von paula weit fortgeschoben. er gilt nicht. erich, der nährvater. so hat es paula von ihrer mutta gelernt. und vom vatta auch, der sie zwar fast totgeschlagen, aber immer regelmäßig genährt hat. der paulavatta hat immer seine pflicht gegenüber seiner familie erfüllt, was erich auch tun soll.
wenn paulas gedanken besonders weit abschweifen, dann schweifen sie bis hin zu den naturgewalten, von denen paula

weiß, daß sie stärker sind als der mensch. genausowenig wie man gegen die natur ankämpfen kann, kann man gegen ein natürliches gesetz dieser natur ankämpfen, weiß paula noch aus der schule. das natürliche gesetz heißt in diesem fall erich, der das wort gesetz aber noch nie gehört hat.
so merkt paula also, wie klein sie gegen das naturgesetz ist. ein staubkorn. ein staubkorn in der wüste.
was kann der mensch gegen die urkraft der naturkraft machen, nichts. das hat gestern ein kulturfilm im fernsehn gesagt, sagt paula auch oft.

brigittes weiteres schicksal

brigittes weiteres schicksal ist eigentlich beendet und müßte hier nicht mehr erwähnt werden. der grund, warum wir es trotzdem erwähnen, ist, daß es einfach zu beschreiben ist, weil es auf einen einzigen punkt konzentriert ist: heinz, von dem es zwar irrwege und kleine abweichungen geben kann, zu dem man aber immer den richtigen weg finden kann. brigittes schicksal ist hier zu ende, es muß nur noch ausgeführt werden.
heute ist wieder einer dieser tage, an denen brigitte besonders zielbewußt auf ihr ziel zugeht, indem sie aufsteht, weil sie in die fabrik gehen muß. die fabrik ist die kleine abweichung, das ziel ist der abend mit heinz. brigitte schlüpft in ihr kleid, das ein rock und ein pullover ist, und ihre weiblichen formen hervorhebt, was auch sein sinn und zweck ist.
die fabrik ist das wartezimmer, die arbeitsstätte ist heinz.
paula hingegen.
paula hat auch noch andre interessen, die sie sich mit erichs hilfe wird verwirklichen können. paulas interessen sind kinobesuche, italienurlaube, fernsehen daheim und kindererziehung daheim und auswärts. paula will erich nicht nur bekommen, sondern mit ihm zusammen etwas gemeinsames aufbauen: einen haushalt. ein kleines gemeinsames reich zum schalten und walten, was ein haushalt sein sollte. paula hat eine zwar kleinergewordene aber immer noch vorhandene

liebe zu erich, weil sie gehört hat, daß man eine liebe zu einem einzigen menschen fassen muß, weil dieser der vatter ihrer kinder ist, den man aber auch als mann lieben muß, was die liebe zu den lieben eltern ablösen und ersetzen wird.
paula liebt ihre eltern keineswegs.
trotzdem sieht paula eine zukunft voll liebe vor sich. paula produziert liebe wie ein hormon aus sich heraus.
brigitte hingegen.
brigitte braucht heinz, und brigitte braucht das zukünftige geschäft von heinz, und sie braucht ihre schwiegereltern aus dem weg, dann braucht sie arbeit, arbeit und nochmals arbeit, um das geschäft zu verschönern und zu vergrößern.
was brigitte im augenblick hat: arbeit arbeit und nochmals arbeit. wenn man seine kraft in etwas eigenes investiert, dann kommt einem das vielfach wieder zurück, dann kann man gern auf die liebe und ihre auswüchse und spielarten verzichten.
brigitte will also ihre situation grundlegend verbessern.
paula will ihre situation grundlegend verbessern und dabei auch noch das glück finden.
brigitte ist das glück an sich egal, daß heißt, sie meint, daß der wohlstandsheinz und das glück ein und dieselbe person sind. daher genügt heinz ihr völlig, brigitte ist bescheiden.
paula ist unbescheiden. sie will dasselbe wie brigitte, aber sie will eine schöne strahlende aura rundherum haben. sie will den leuten ständig vorführen, wie lieb man das kind, den mann, das haus, die waschmaschine, den kühlschrank und den garten hat. das ALLES. liebe kann berge versetzen, aber nicht erich. liebe kann berge versetzen, aber nicht erich in den zustand eines liebenden menschen versetzen. erich ist ungeübt im geliebtwerden, er hat es noch nie am eigenen leibe erfahren.
außerdem kann liebe keinen kühlschrank herbeisetzen. wenn kein kühlschrank etc. da sind, dann bleiben einem nur der mann und die kinder zum lieben, das sind zuwenig objekte für die große große liebe paulas. sooviel liebe ist in paula, die brachliegt und nach lohnenden objekten lechzt.
brigitte will nur besitzen und möglichst viel. brigitte will einfach HABEN und FESTHALTEN.

paula will haben und liebhaben, und den leuten zeigen, daß man hat, und was man hat und liebhat.
selbst wenn paula erich nicht mehr liebhaben würde, müßte sie den leuten dennoch zeigen, daß sie erich liebhat. das ist viel mühe das simulieren, muß aber getan werden. selbst wenn man erich nicht mehr liebhaben kann, sind da noch viele sachen, die erich mit seinem geld gekauft hat, die man als ersatz liebhaben kann.
brigitte will haben und möglichst vermehren. das ist ein einfaches ziel, das versteht ein kind.
und die staunende umwelt, die das alles von altersher gewöhnt ist, steht dabei, applaudiert und schließt wetten ab, wer gewinnt und wer zweiter wird. manchmal verliert auch einer.
heute ist brigitte wieder einmal noch nicht schwanger.
nur eine schwangerschaft brigittes könnte an ihrem leben und an dieser handlung hier eine änderung herbeiführen.
heute hat brigitte, wie so oft, wieder entsetzliche angst, daß susi, die frauenoberschülerin, noch vor ihr schwanger werden könnte, wofür leider die primitivsten voraussetzungen fehlen.
susi ist nämlich noch keine frau, sondern noch ein mädchen.
susi spart noch. susi kann noch in ruhiger fröhlichkeit ihre sporttasche fürs tennisspielen packen, noch ist nichts schmutziges in ihr leben getreten.
heinz hält sich nicht für etwas schmutziges, sondern für einen sauberen jungen burschen, auch sein kegeln ist nicht unsauber.
das unsauberste im leben von heinz ist sicherlich brigitte, der dunkle punkt auf seiner weißen weste.
der junge unternehmer lenkt eindeutig seinen ehrgeiz auf susi.
brigitte will den ehrgeiz von heinz eindeutig auf sich lenken.
brigitte vergißt, daß man keinen ehrgeiz braucht, um sie zu bekommen. wenn heinz aus dem haus geht, schon stolpert er über brigitte.
eines tages bemerkt sogar susis mutter, daß sich hinter susi ein dunkler schatten, unser heinz, befindet. die mutter bemerkt

mit ihrem mutterinstinkt, daß dieser schatten dunkel vor unsauberkeit ist.
sie fragt, ob sie eingreifen soll. susi lacht aber nur lieb und sagt nein. ich kann es auch allein.
die mutter sagt später zum vater, daß sich susi ihre unschuldigkeit und fröhlichkeit hoffentlich noch lange erhalten wird.
während heinz hinter susi herkriecht und dabei auf ihr tenniskleid einen schatten wirft, hat brigitte angst, daß sie nicht schwanger wird. brigitte wird aber sicher schwanger, weil ihr körper verläßlich ist, selbst wenn brigittes kopf durchdreht. diese angst wird noch einige zeit andauern. keine neuen berichte mehr. schicksalsende für brigitte.
aus paulas leben sind nur noch einige episoden zu berichten, die einen so gigantischen überbau haben, daß er in keiner weise der bedeutsamkeit dieser geschichten entspricht. in paulas kopf vermengen sich wünsche, träume und vorstellungen zu einem unverdaulichen konglomerat. es ist lustig mitanzusehen, wie paula ständig auf die schnauze fällt. es ist für die aufrechtstehenden lustig mitanzusehen, wie paula ständig nach den gesetzen der schwerkraft und der liebe auf die schnauze fällt.
wenn sich brigitte in ihren illustrierten mit millionärsvillen befaßt, dann rechnet sie sich sofort die ausmaße von ihrem künftigen einfamilienhause im kopf aus, dann überlegt sie sogleich, wo die geschäftsräume hinsollen und wo wir eine tür durchbrechen.
wenn paula dasselbe liest, dann ist sie mittendrin im vollen, dann ist das haus schon da, aus der luft herbeigeflogen, dann ist der riesengarten schon da und in eine reinliche umgebung hineingestellt, wie eine theaterkulisse, und glückliche junge leute tummeln sich darin: erich mit seiner jungen familie. und die zwei deutschen schäferhunde dazu.
es ist eine allumfassende tummelei. und die leute aus dem dorf stehen am zaun und glotzen und beneiden.
paula denkt oftmals an das gefühl des beneidet- und bewundertwerdens, brigitte denkt oftmals an das gefühl des habens, heranschaffens und besitzens.
paula denkt an die auswirkung, ohne dafür die voraussetzung

schaffen zu können. auch erich wird nicht schaffen können, was paula noch nicht ahnen kann.
brigitte beschäftigt sich mit der ursache, brigitte hält sich an den geschäftsmann heinz, dann wird sich die wirkung schon von selber einstellen.
brigitte – das stadtkind.
paula – das landkind.
anschließend denken paula und brigitte unisono an ihre hochzeit. das nimmt einige zeit in anspruch.
bei brigitte dauert es ihre ganze arbeitszeit und fast die ganze freizeit hindurch.
bei paula dauert es ihre ganze zeit hindurch, die eine arbeitszeit ist.

die stunden verrinnen

die stunden gehen ihren zähen gang, und paula ist bald entbindungsreif, wenn sie so weitergehen. die hebamme wartet schon.
die sinnlosen anstrengungen paulas, die sich alle auf erich konzentrieren, gehen weiter als man hier jemals jemanden hat gehen sehen.
wenn es ein abend wird, dann beziehen die leute ihre logenplätze. sie nehmen kind und kegel dorthin mit. von dort aus beobachten sie persönlich oder feldstecherisch die idiotischen vorkehrungen paulas.
die dorfgemeinschaft ist mit der öffentlichkeit identisch.
die öffentlichkeit billigt ausdrücklich paulas absurde und demütigende anstrengungen, ein kostbares wild zu erjagen.
das kostbare wild heißt erich.
paula muß ihren unangenehmen zustand legalisieren.
sie braucht dazu erich. das kostbare wild erich braucht, um kostbares bau- und nutzholz zu schlägern, nur sich selbst: erich.
paula hat scheiße gemacht, jetzt muß sie diese auch aufessen. alleine. erich, das edelwild, soll ihr beim scheißefressen helfen, damit der teller schneller leer wird.

erich sitzt auf seinem thron, der sich in der wirtshausmitte befindet.
auftritt paula und führt ihre kunststückchen, kenntnisse und fähigkeiten, die alle minimal sind, vor.
es ist wie im zirkus, nur viel lustiger.
leider hat erich nicht viel davon, weil er längst in einen besoffenen dauerdöser verfallen ist, wenn paula zum doppelten salto rückwärts mit schraube einwärts anlauf nimmt.
kein schulterschlag, rückenklopfer, rippenstoß, keine noch so grobe ehrenbezeugung holt erich aus dem land der träume in die rauhe wirklichkeit von paulas anwesenheit zurück.
bis jetzt hat keiner erich für voll genommen. jetzt hat er paula einen vollen bauch gemacht, und schon wird er für voll genommen. allen war erich bisher zu deppert, zu blöd, um die sommerfrischlerinnen auszunehmen bis aufs hemd, zu kopfkrank, um selbst beim dritten mal den führerschein zu kriegen, zu grenzdebil und angeschlagen, um den baumstamm mit der hacke zu treffen. alle haben gemeint, er würde statt dem stamm den eigenen plutzer treffen. er hat aber nur die paula bis ins mark getroffen und erschüttert. alle haben in erich bisher ein arbeitstier gesehen, zum unterschied von ihnen, die sie zwar auch arbeitstiere sind, aber sich nicht so fühlen. alle bezeugen erich jetzt ihren respekt in sachen paulaknackung.
paula ist verknackt worden, kein zweifel.
da quietschen erichs schultergelenke gequält in ihren scharnieren, da muß sich die axtgewohnte faust zum ungewohnten händeschütteln zusammenklappen. gratulation, erich.
da stauen sich die freibiere, freischnäpse und freiweine, die freien haarverwuschler und die gratisrippenboxer, und die scherzhaften umsonstarschtreter erst recht.
schon wieder hebt so ein hinterhältiger aber gutgemeinter fußtritt erich aus seinen scharnieren empor, daß es kracht und schallt.
anschließend fällt erich wie ein lebloser muskelsack wieder in seinen stammsitz zurück.
so viele erfolgserlebnisse hat erich noch nie gehabt.
leider kann sich erich – genausowenig wie paula – an die ursache jener tätigkeit, die ihm den titel großschwängerer einge-

tragen hat, nicht mehr erinnern, beim besten willen nicht, es hat ja auch keine sausende mopedfahrt dorthin geführt, sondern nur ein stiller waldweg.
in erich ist alles weggewischt.
es macht aber trotzdem spaß, im kreis der männer und burschen jetzt eine respektsperson darzustellen. erich hat noch niemals spaß gehabt, jetzt hat er gleich sehr viel spaß. kleiner mann, ganz groß.
um zehn uhr abends auftritt der hochschwangeren paula, betreten der gaststube durch die werdende uneheliche mutter.
gejohle, getrampel, gepfeife, applaus. jetzt wirds lustig.
die letzten wetten werden abgeschlossen.
paula hat keine bezeichnung der güteklasse mehr, wie sie sogar die tafeläpfel haben müssen. paula hat keinen handelswert mehr.
paula trägt die folgen für das, was sie gemacht hat, hier herein.
paula möchte ihr gedicht vortragen. es lautet in freien rhythmen etwa so, daß erich nach hause kommen soll, weil es schon spät ist und erich morgen zu seiner schweren arbeit aufbrechen muß, daß paula bald aufbrechen und ein kind aus sich herauslassen, daß paula und ihr ungeborenes kind auf erich warten. und wenn es noch so lange dauert. in andren worten: deine frau und dein kind darin warten auf dich, erich. und bitte bitte, gib mir deinen namen, erich.
aber erich kann seinen namen gar nicht mehr aussprechen.
paula ist wieder einmal zu spät gekommen.
alle meinen, daß erich, wenn er schon nachgeben muß, erst nachgeben soll, wenn das kind schon anwesend, und so die wertreduzierung paulas zu einer entwertung geworden ist.
wenn einer so abgewertet ist, dann sind sie alle dadurch ein wenig aufgewertet. die demütigung paulas entschädigt sie für ihre eigenen, manchmal viel schrecklicheren demütigungen.
plötzlich sind sie alle wieder personen gegenüber einer unperson geworden.
wir sind heute an dieser stelle versammelt, um paulas versuche, erich zu sich heimzuschleifen, abzuschätzen und zu taxieren. die preisrichter halten die schilder mit den noten hoch.
paula stürzt sich auf erich und müht sich verzweifelt, dieses

besoffene, bald auch kotzende wesen nach hause zu schaffen.
paula zerrt an erichs vorstehenden teilen. manchmal schnellen die vorstehenden teile erichs wie gummibänder wieder zurück, manchmal treffen sie auch paula mit aller wucht. rundherum bersten die augen und hosenschlitze beinahe vor vergnügen.
paula glaubt, sie hat ein anrecht auf erich.
die luft ist dick von qualm, bierdunst, gestank und männerwitzen.
paula, die schwangere bald schon sechzehnjährige, spannt ihre muskeln wie ein ackergaul und hievt den betrunkenen mann in die höhe, aber sie kommt mit ihrer süßen last nicht weit.
die hände von erichs waldkollegen reißen paula die kostbare beute wieder aus den händen. mit vereinten kräften.
paulas vereinzelte kraft vermag nichts gegen die vereinte kraft der herren der wälder. paula hat verloren und muß erich loslassen. paula hat dabei noch glück im unglück, daß man ihr nicht in ihren bauch hineintritt und dort etwas beschädigt.
die paulamutter wäre mit einer kindesbeschädigung in paulas bauch sehr einverstanden. am besten wäre es, wenn eine früh- oder vergebensgeburt stattfinden könnte.
leider ist aber das kind nach diesen vielen monaten wahrscheinlich schon außerhalb paulas lebensfähig.
also wird erich wieder auf die wirtshausbank hochgezurrt, er hat von alledem kaum etwas mitbekommen. paula kriecht, mit dem kind beschwert, heimwärts. lieber wäre paula mit erich beschwert und hätte das kind verloren. mehrmals schlägt paula lang hin, weil es so finster ist. alle diese tödlichen streiche töten das putzerl im bauch trotzdem nicht.
schluchzend und plärrend geht es daheim ins bett, das kind im bauch hat paula den ganzen weg über vorwärtsgezerrt, dorthin, wo ihr zuhause ist. wie ein schnüffelnder jagdhund, kopf am boden, erreicht paula den herd im heim, das nichts heimeliges für paula hat.
paula verschränkt die arme, die bald ihr kind halten werden, unter ihrem kopf, der bald auf ihr kind herunterschauen wird, und hofft, daß es wenigstens ein bubi und nicht ein mädi wird.

hoffentlich wird es ein bubi und nicht ein mädi, hofft paula.
am nächsten tag, schon zeitig in der früh, beginnt man, paula angst vor den wehen zu machen, die sehr wehtun sollen.
wenn paula einen mann hätte, dann würde man sie vor den wehen trösten, hätscheln und schwichtigen.
und eines tages, an dem die luft besonders lind ist, kommt paula in das spital und preßt ein kind in mühevoller kleinarbeit aus sich heraus und an das tageslicht. noch im rettungswagen bestimmt paula, daß der sohn den namen des vaters, erich, die tochter aber den städtischen namen susanne bekommen solle. es wird ein mädchen. die tochter susanne ist geworden.
wegen einem mädchen heiratet dich der erich noch weniger als wegen einem buben, drohen die enttäuschten eltern dem spitalsbett.
aber die paulamutta hat es schon gern, weil es so ein herziges putzerl ist. das wird von der paulamutta auch allseits erwartet.
susanne ist eine uneheliche tochter geworden.
paula ist eine uneheliche mutter geworden.
sie sind beide weiblich.
das ist gleichzeitig ein glück, aber auch eine verpflichtung, sich wie ein mensch und nicht wie ein weibliches tier zu verhalten.
es ist eine schöne verpflichtung. schöner als die verpflichtung erichs, holz zu hacken.
paula ist nur 16 jahre älter als ihre tochter, trotzdem ist sie schon nahe dran aufzugeben.
du hast dich in keinem punkt vom tiere im walde unterschieden, denn junge werfen kann ein jedes, geheiratet werden dagegen kann keines, mahnt auch ernst eine tante, die aus der stadt, wohin sie geheiratet hat, an das paulabett geeilt ist. paula liegt im geburtsbett, hört auf die ermahnungen und heult.
die stadttante kann leicht großzügig sein, weil sie einen bäcker aus der großstadt geheiratet hat und sie und der bäcker ein auto haben.
großzügig verspricht also die stadttante, daß sie mit erich sprechen und ihn weichklopfen wird, was man die männer muß, wenn sie etwas nicht freiwillig tun.

außerdem dürfen männer auch manchmal ruhig gutmütig sein.
steter tropfen höhlt den stein, höhlt auch erich sicherlich!
sich erniedrigen und dann höhlen: einziger weg.
auch die stadttante findet, daß es ein herziges putzerl geworden ist. man darf das kind nicht entgelten lassen.
und außerdem ist es so ein herziges patscherl, wo doch die paula so eine häßliche gräte ist.
zuerst hat die arbeit erich ausgehöhlt, jetzt klopft ihn die stadttante weich.
wir werden später berichten, welche form erich nach dem weichklopfen angenommen hat.

zwischenbericht:

der glücksschimmer, der für brigitte frau und mutter bedeutet, ist auch heute noch abwesend.
heute findet ein spaziergang zu demonstrationszwecken (neue mäntel!) durch den park statt. auf diesem spaziergang findet ein zufälliges treffen mit susi statt, die ganz wie aus gold gemacht aussieht und den kleinen sohn ihrer schwester im kinderwagen und einen riesigen reinrassigen schäferhund mit stammbaum an der leine führt.
es ist ein bild raffiniertester planung. die natur hat hier ihre optimale ausformung gefunden, das feine rassetier und susi, die auch so eines ist, nur in einer andren art. susi sieht in dem schein, der durch das laub auf ihren kopf fällt, aus wie die inkarnation aller mütter, die je mütter gewesen sind. dabei meint brigitte, daß susi niemals eine gute mutter sein könnte, weil sie eine egoistin ist und ihre interessen niemals einem keinen kinde unterordnen könnte.
das mißverständnis brigittes besteht darin, daß susi sehr wohl ihre interessen einem kleinen kinde unterordnen könnte, wenn das kind nur aus dem richtigen schwanze quillt.
der schwanz von heinz wäre der falsche. er vermag selbst der grobschlächtigen brigitte kaum empfindungen abzuringen.
wie erst der feinkörnigen susi!

susi hat keinen neuen mantel wie brigitte, aber ihr nachlässig-sportlicher spaziergangsaufzug aus teuren materialien macht einen weit perfekteren eindruck als brigittes neues frühjahrsmäntelchen. susi sieht so aus: mutter und kind beim ausgang.
der schöne hund komplettiert das bild, seine kraft wirkt seltsam gebändigt und zart im zusammenhang mit dem kinderwagen und mit susi.
laß mich der wilde mann sein, den du an die kette legst und zähmst, susi, denkt heinz gierig und mit einer spur unsauberkeit in den gedanken.
allen ist sofort ersichtlich, wie sehr susi das kleine kind liebt. ein bild ohne worte.
schön und rein, so soll es sein.
brigitte kommt sich gleich ordinär und oberflächlich vor in dem neuen mäntelchen aus wolle-orlongemisch. dabei hat es dir im laden so gut gefallen, wankelmütige brigitte.
heinz spricht sofort zu susi, gut paßt das putzerl zu dir.
trotz susis betont mütterlicher ausstrahlung, möchte heinz am liebsten auf der stelle seinen schwanz in startposition bringen.
heinz hat etwas voreilig das gefühl eines formel I piloten vor dem start.
brigitte bekommt schon wieder einen haß. die meisterprüfung, das zukünftige geschäft, die ersparnisse der schwiegereltern, das alles scheint wieder wegzurücken, heinz scheint sich mit diesem schiläuferstartgefühl, das er bei brigitte nie hat, wieder ganz auf susi zu konzentrieren.
susi steht die gespielte mutterschaft schon so gut, wie gut wird ihr dann erst die echte stehen.
susi kommt aus ganz andren kreisen, heinz ist dazu gemacht, sich über diese feinen kreise hinwegzusetzen.
wenn einer für diese heikle aufgabe geeignet ist, dann heinz.
auch susi ist heute viel weniger kämpferisch veranlagt als sonst.
keine trachtengruppen, gegen deren auflösung man sturm laufen kann, keine diskutierklubs, in denen man seine meinung äußern, keine demonstrationen, in denen man mitgehen kann.

susi erklärt, daß dieses kleine baby in seinem kinderwagen noch nichts von alledem weiß, und daß sie gedenkt, alles häßliche von ihm fernzuhalten.
brigitte steht bis an den hals im häßlichen drinnen.
mist ist nichts schönes.
susi gibt brigitte tips für den haushalt, aber auch tips für die kindererziehung, sie benützt dabei verschiedene psychologische fremdwörter, die brigitte nicht versteht.
trotzdem wäre brigitte sicher eine bessere mutter als susi, wie sie meint. gleichzeitig läßt susi einfließen, daß sie noch zu jung für kinder ist, daß aber der eine, einzige, bestimmte, ihr diese flausen schon austreiben und sie trotz ihrer jugend einmal zum mütterberuf auswählen wird.
susi wird dann mit JA antworten.
wörtlich sagt susi: vielleicht treibt mir einer diese flausen noch aus.
brigitte versteht wenig von dem, was susi sagt.
brigitte versteht aber, daß sich heinz in der rolle dieses einzigen sieht und susi in der rolle seines eigentums. dabei ist sie, brigitte, sein eigentum.
gottseidank steigt susi auf dieses angebot nicht ein, weil sie noch nicht weiß, was das unter umständen bedeuten kann, ein eigenes geschäft.
susi weiß eben noch nicht, was ein richtiger mann ist und wie er aussieht: wie heinz.
heinz führt susi galant den hund: gepaarte kraft verbunden mit eleganz.
so schafft heinz eine zusammengehörigkeit zwischen sich und susi, die für brigitte undurchdringlich und unzerstörbar ist. von diesen lichtnaturen an den rand der existenz gedrängt, sieht susi folgendes bild vor ihren mangelhaft ausgebildeten geistigen augen: sie putzt die scheiße aus der klomuschel heute einmal mit den haaren von heinz heraus. sie würde seinen kopf dann ganz darin eintauchen.
und dabei ist heute das datum so günstig und sind die kleider so neu. wenn es heute nicht klappt, dann nie wieder. heute oder nie.
wenn brigitte ihm einen realen stammhalter schenken kann, dann wird susi mit ihrem neffen daneben verblassen müssen.

dann wird heinz ein echtes kinde von einem falschen kinde unterscheiden lernen: sein eigenes fleisch und blut von susis neffen.
gesagt getan.
heinz, ich liebe dich so sehr, sagt brigitte mechanisch, endlich daheim angelangt. ihr haar glänzt rötlich in der sonne, das macht die tönung, die sich darin befindet. in den hoden von heinz befindet sich seit längerem schon ein verlangen, das heute gestillt werden muß.
aufknöpfen und in brigitte hinein ist das werk eines augenblicks.
und heute können wir die mitteilung machen, daß es endlich zwischen diesen beiden jungen leuten gefunkt hat, was sich aber erst in ein paar wochen zeigen wird.
und so kam brigitte letzten endes doch noch zu einem schicksal.
endlich kam etwas licht von heinz auch über brigitte.
heute hat heinz brigitte ein kind gemacht. glückwunsch.
und so wird brigitte ihr leben doch nicht in kälte und einsamkeit beschließen müssen, was sie sonst gemußt hätte.
brigittes aufstieg ist ein erfolg mühevoller kleinarbeit. brigitte konnte den kampf der geschlechter noch einmal für sich entscheiden.
sicher wird brigitte auch im geschäft dann eine perfekte arbeitskraft und eine aufmerksame bedienung sein.
brigittes glück beruht nicht auf einem zufall, sondern sie hat es sich schwer erkämpfen müssen.
brigitte hat geglaubt, daß es auch ein andres leben außer dem leben am bande gibt, und brigitte hat recht behalten: es gibt noch ein andres leben als das leben am fließband, es gibt heinz.
wo ein wille ist, da ist auch ein weg.
diesen weg hat gitti gefunden. gottseidank ist sie nicht von natur aus unfruchtbar sondern fruchtbar, sonst wäre das ganze wohl noch im letzten moment in die binsen gegangen.
braver brigittekörper. gebärfähigkeit heißt der sieger. im speziellen gebärmutter und eierstöcke.
vielleicht hat susi auch solche organe, das muß sie aber erst unter beweis stellen.

brigitte ist jetzt jedenfalls obenauf.
voran in die arbeit des gebärens und in die arbeit im elektroladen hinein, brigitte!
habt ihr auch gebärmütter? hoffentlich! wir sehen es am beispiel brigittes, die dieses wichtige weibliche organ nicht am bande hat verkümmern lassen, sondern durch heinz zu seiner vollen gebrauchsfähigkeit hat steigern lassen.
ende gut alles gut.

asthmas tod machts möglich

das gespräch von stadttante und landtante hat nur deshalb eine frucht getragen – wie der geschlechtsverkehr zwischen erich und paula eine frucht getragen hat – weil asthma plötzlich am asthma krepiert ist. auf einmal befindet sich asthma inmitten der finsteren friedhofserde, in der er niemand mehr etwas anschaffen kann.
dagegen empfindet die mutta von erich um sich herum das genaue gegenteil, nämlich eine unglaubliche leere, die plötzlich eingetreten ist, eine leere, durch die kein ex-beamter mehr seine befehle erschallen läßt.
die mutta bettet ihre verformten knochen in einen sessel und zuckt nur ab und zu wie ein jagdhund, als ob von irgendwoher ein auftrag, ein wunsch, der ein befehl ist, ertönen würde, der aber nie mehr ertönen wird.
auch das furchtbare schnaufen, ziehen und rasseln sind wie weggeblasen. es ist still geworden.
nichts schallt und hallt mehr durch die wohnküche.
so kommt man von einen tag auf den andren zu einem unausgefüllten leben, während asthmas gebeine soeben zur letzten ruhe gebettet worden sind.
mit einer wilden wut hatte sich die mutta in die begräbnisvorbereitungen gestürzt, als wollte sie nochmals ihre ganze aktivität dem einzig richtigen ziel: asthma zuwenden. dann war es aus und still.
nur die alte großmutta lebt noch, die sie damals als nichteinmal vierzehnjährige in den dienst und den ersten gezückten

schweif ihres lebens hineingeschickt hat. das vergilt ihr die mutta nun gehörig.
daß die großmutta damals auch schon mit 12 in den dienst und den ersten gezückten schweif, der des wegs gekommen war, hineingeschickt worden war, das hat das landvolk mit seinem kurzen gedächtnis längst schon vergessen. nur die großmutta weiß es noch, aber der hört keiner mehr zu.
es ist immerhin schöner, die mutta zu kujonieren, wenn man keinen mann mehr zu bedienen hat, als überhaupt nichts zu tun. häßliche ausdrücke und todesvergönnungen hallen durch die berge.
mitten hinein in einen weinkrampf der alten oma, verursacht von der frisch verwitweten asthmalosen tochter platzt die tante von paula. wir erinnern uns. sie möchte erich aus dem familienverband loslösen und an paula ankleben. sie sagt unter andrem, das arme patscherl muß ohne vatta aufwachsen, ist es denn nicht genug, daß deine eigenen kinder die meiste zeit haben ohne vattern aufwachsen müssen? ein kind braucht doch den vatta genauso wie es die mutta braucht. ein kind braucht die starke hand genauso wie die weiche der mutter ein kind braucht beide elternteile beisammen nicht auseinander es ist doch besser für das kind klar die paula hat eine schweinerei und eine dummheit gemacht aber sie ist doch noch so jung, du warst doch auch einmal jung und die paula wird sich in zukunft anständig betragen und keine schweinereien mehr machen.
und so schuldlos ist der erich auch nicht daran, dazu gehören immer zwei, obwohl der drang beim manne stärker ist und ihm daher nicht so viel vorzuwerfen ist.
aber ein mann schlägt sich auch allein durch, während die frau, die paula, sich mit dem kind nicht so gut allein durchschlagen kann, und sie braucht auch die schläge vom erich, sie braucht auch mal die starke hand von einem mann.
und das kind braucht seinen vatta: erich.
wer weiß, ob der erich überhaupt der vatta ist, entgegnet finster die wütende frau. wenn eine sich mit einem manne einläßt, dann läßt sie sich auch notfalls mit mehreren männern ein. wer weiß, vielleicht ist mein erich gar nicht der vatta, wer weiß.

auf diese übliche demütigung folgt das übliche schweigen. etwas von paulas demütigung bekommt nun auch noch die schuldlose stadttante ab. paula kriegt dafür noch eine riesenohrfeige, das nimmt sie sich ganz fest vor.
bald werden aber die hochzeitsglocken läuten!
bald werden aber die hochzeitsglocken läuten! bim bam bim bam.
die mutta vom erich drückt und drückt gegen alle hindernisse, aber dort, wo sonst eine dicke betonmauer: asthma gestanden hat, gibt diesmal alles nach, ist weich wie butter, das ist ein irritierendes erlebnis, das man in diesem alter gar nicht mehr richtig verkraften kann. plötzlich der gegenstand von bitten zu sein, plötzlich etwas erfüllen zu sollen, plötzlich als ein höherer einem niedrigeren, bittenden gegenüberzustehen, das bringt die ansonsten so disziplinierte frau in arge verstörung.
diese frau ist auch leidgeprüft.
einer ist schon weggestorben, wer bleibt denn übrig? gar niemand.
die mutta sagt, es ist hart, einen menschen hergeben zu müssen. man muß sehr stark sein, um so etwas zu ertragen. die mutta ist stark, sie schleppt zwei schwere eisenkübel mit heißem trank wie nichts, obwohl sie nur ein knöchernes gestell ist.
wer asthma auch nur einen bruchteil der zeit ertragen kann, den die mutta ihn ertragen hat, der ist ein starker mensch.
wen soll sie jetzt hassen, wenn alle aus dem haus sind?
antwort: es bleibt nur noch die alte oma, die man hassen kann, und die jetzt sogar schon eine uroma ist.
aller haß also auf die uroma!
scheinwerfer an.
auf städtisch bittet die stadttante, die mutta soll zwei junge leute glücklich machen, in der zeitschriftensprache, die sie freihändig beherrscht.
sage ja, lasse der natur ihr recht und ihren natürlichen lauf, das andre findet sich dann schon von selber. so spricht sie.
zuerst hat die natur ihren unerbittlichen lauf genommen, jetzt soll das glück seinen einzug halten. die stadttante meint, die mutta soll sich nicht diesem natürlichen naturlauf verschließen.
endlich öffnet sich die verstörte erichmutta dem lauf der natur.

sie stellt sich aus dem weg, daß die natur hereinschießen kann, da ist die natur schon! die heirat kann stattfinden.
es wird eine schöne weiße hochzeit geben.
vielleicht gewöhnt sich der erich auch das saufen ab, rät die stadttante blind drauflos. womit sie sich endgültig auf den holzweg begeben hat.
es wird also eine schöne weiße hochzeit geben.
der erich stimmt in dumpfheit zu, ihm ist das wurscht.
entweder er liefert das geld dem vatta ab bis auf das, was er versäuft und vermopedet, oder er liefert ein bißchen der paula und dem bankert ab.
dies ist kein heimatroman.
dies ist auch kein liebesroman, selbst wenn das so aussieht.
obwohl dies scheinbar von der heimat und der liebe handelt, handelt es doch nicht von der heimat und der liebe.
dieser roman handelt vom gegenstand paula.
über den gegenstand paula bestimmt erich, über dessen körperkräfte wieder andre bestimmen, bis sich seine eingeweide einem frühen tod entgegenzersetzen, bei dem der alkohol das seine leistet. erich bestimmt über das leben von paula und das leben von seiner tochter susanne.
das junge paar wird vorläufig bei paulas eltern wohnen, die ihm ein zimmer abtreten werden. sie sind froh, daß sie ein junges paar ins nest kriegen und nicht paula und susanne allein.
und bald werden wir vier sein, nicht nur drei! das flüstert die junge frau eines tages. und bald werden wir eine eigene wohnung oder ein eigenes häuschen besitzen, warte nur balde.
und bald wird auch gespartes vorhanden sein, was jetzt noch nicht vorhanden ist. im moment haben wir nur uns und unsre liebe.
und unsre lust. wir werden mit lust und liebe an das werk gehen. dann wird das werk auch lustig und lieb ausfallen.
paula hat ihre lust und ihre liebe längst verbraucht, oder das, was sie dafür gehalten hat.
erich hat weder lust noch liebe jemals besessen.
erich hat immer nur seine arbeit besessen, die er weder lustig findet noch liebt.
beide besitzen susanne. und zwei hände, je zwei hände, die

dementsprechend fest zupacken können. die spuren der zupackenden hände werden bald am susannekörper zu finden sein. bis ein größerer und stärkerer hand an susanne legen wird, ein peter oder ein willi. gewiß nicht der liebe gott.
welcher das band dieser zwei jungen leute, die sich selber schon mit einem kinderl gesegnet haben, noch selber persönlich segnen und knüpfen wird. vorher gibt es noch katholischen eheunterricht im pfarrheim, in welchem paula wie der letzte dreck behandelt wird. aber eines tages wird auch das vergessen sein.
eines tages wird sich die schlinge zuziehen.
wir werden demnächst eine schöne hochzeit beschreiben, damit die handlung nicht zu unerfreulich wird.
man darf nicht nur negatives und unschönes beschreiben.
die beteiligten hauptpersonen empfinden eine vorfreude darauf.
die beteiligten hauptpersonen sind leider kaum noch zu freudensempfindungen fähig. aus einem alten ackergaul wird eben kein lipizzaner mehr.
paula hat sich jedoch noch ihren optimismus bewahrt.
paula ist so dankbar wie ein hund. es ist grauenhaft, die dankbarkeit paulas mitansehen zu müssen. die dankbarkeit läßt keine freude aufkommen.
paula ist auch erleichtert.
sie ist prinzipiell auch auf eine weitere geburt vorbereitet.
die hochzeitsvorbereitungen beginnen.
erich findet das baby herzig. aber er ist eben ein mann und kann an kleinen babies naturgemäß nichts finden, erklärt die wieder erklärungswürdige paula. paula freut sich so sie freut sich so.
sie küßt das babylein wiederholt vor allen leuten leidenschaftlich ab, was eine mutta darf und soll.
erich liebt seine motoren und seinen schnaps.
paula liebt ihren zukünftigen mann und ihr kinde und ihr zukünftiges eigenheim.
jetzt wird alles gut!
paulas küsse kann man noch im nebenzimmer vernehmen.
jetzt wird alles gut.

über brigittes gebärmutter:

sie beginnt endlich zu blühen und zu gedeihen, und ihr noch formloser inhalt blüht und gedeiht mit.
als ihr das erste mal in der frühe die kotze hochkommt, weiß sie, daß der tag jetzt nicht mehr fern ist. es kann gar keine andre ursache haben, daß ihr die kotze hochkommt.
brigitte spuckt ihr bißchen kotze in die klomuschel. anschließend geht brigitte als ein neuer mensch wie ein neugeborener mensch zu ihren büstenhaltern. sie hat die chance, durch ihr neugeborenes quasi selber auch wieder neu geboren zu werden. es wird auch einen zweiten existenzaufbau geben.
jetzt wird es erst richtig gemütlich.
die natur hat ein großes geheimnis um das werden und vergehen in der natur aufgebaut. bald wird brigitte dieses geheimnis wissen.
das werden und vergehen, genauer beschrieben: brigittes baby wird werden. die fernfahrereltern werden hoffentlich möglichst schnell vergehen, sonst haben sie noch einen langen schweren aufenthalt im altersheim vor sich, weil das alter der jugend und ihrer tatkraft platz machen muß. die fernfahrereltern wissen bloß noch nichts von ihrem unangenehmen schicksal.
außerdem soll auch noch möglichst der meister von heinz vergehen und abkratzen, denn heinz, der in dessen kleinbetrieb gelernt hat, hat jetzt ausgelernt und braucht seine chance.
hier steht er, der zukünftige geschäftsnachfolger, hat der kinderlose meister denn pappe auf den augen?
die hoffnungen von heinz steigen hoch, horuck.
seine ganze kleine familie wird dem meister das sterben leicht machen, damit heinz sich bald selbständig machen kann. man muß tüchtig modernisieren, renovieren, ausmalen und erweitern, dann ist alles tüchtig modernisiert, renoviert, ausgemalt und vergrößert.
das alte muß also dem jungen platz machen, und brigitte macht in ihrem bauche platz für neueres, besseres, schöneres als das, was bisher da drinnen ungenützt herumgeschlummert hat.

das kindelein wird einen wichtigen platz einnehmen: geschäftserbe! brigitte wird einen zweitwichtigsten platz einnehmen: mitarbeiterin im geschäft und im haushalt.
bis jetzt hat brigitte einen unwichtigen platz eingenommen: mitarbeiterin in einer miederfabrik. das ist einen rang tiefer, nein, mehrere ränge.
und dann kam der tag, an dem sie es heinz sagt. brigitte gesteht heinz ihr geheimnis.
heinz hat das die ganze zeit befürchtet, jetzt kann er sich aber nicht drücken. ein gentleman drückt sich auch nicht vor der pflicht.
bevor ich für das kind zahle, will ich wenigstens von der mutter eine arbeitliche leistung für das geschäft, sagte er besserwisserisch zu seiner völlig bedepperten familie, die sich wie im sturm aneinanderklammerte.
von dem fernfahrervater fällt eine illusion namens susi ab.
von der fernfahrermutter fällt eine illusion namens susi ab.
bald fällt das obst von den bäumen ab, und die eltern müssen das haus verlassen, um der nächsten generation platz zu machen. ihr sparbuch bleibt hier.
der vati hat bandscheibenweh und herzweh. der vater hat plötzlich ein zweites leid auf seine alten tage bekommen.
doch: die verbrüderung von unternehmertum und kultur (susi) hat wieder einmal nicht stattgefunden.
das unternehmertum heinzens bleibt allein da.
auch die mutta hatte ähnliche kulturelle pläne, die sie jetzt aufgeben muß. was wären sie doch für ein schönes paar gewesen, susilein ganz in schneeweiß, und ihr heinzi, ganz in rabenschwarz! gibt es einen kontrastreichen kontrast?
gibt es etwas, das gleichzeitig so ein gegensatz und doch so ein einklang ist? oder gewesen wäre?
und dann noch kinder, denen die mutti bei den schulaufgaben helfen könnte, die einmal das unternehmertum von der pike auf lernen könnten...
es hat nicht sollen sein. brigitte ist kein kontrast zu heinz, brigitte ist wie heinz nur viel tieferstehender.
ein eher einfacher mensch.
heinz empfindet brigittes schwangerschaft als einen zwang, der einem aber doch letzten endes nützlich werden kann.

es wird geheiratet werden.
brigitte geht wie auf wolken herum und glaubt, daß sie etwas besonderes ist in ihrem zustand und geschont werden muß.
brigitte hat recht.
brigittes schonzeit läuft also an.
bald wird das miederband für brigitte auslaufen.
ist das ein glück, gar nicht zum sagen.
statt steifer perlonspitzen gleiten jetzt sanfte wolljäckchen durch brigittes mütterliche finger. es ist ein großer stolz in brigitte auf ihre leistung.
sie hat den prozeß eines unfertigen zwitterhaften wesens zu einem weiblichen wesen durchgemacht.
auch der alte meister von heinz freut sich wie ein seniler trottel auf das baby. er sagt, daß es gut ist, daß jetzt wieder junges blut kommt, das noch unverbraucht ist, von geschäftsübergabe spricht er nicht. alter esel.
der alte meister läßt keinen zweifel darüber, daß er hier noch immer der herr ist und bleiben wird.
heinz läßt bei brigitte keinen zweifel daran, wer jetzt der herr im hause ist. brigitte ist so froh, endlich einen herrn zu haben. wenn man so lange herrenlos war, ist es eine erleichterung, wenn man ein gutes herrchen gefunden hat.
die heinzmutti freut sich auf das kindi. sie strickt und strickt sinnlos vor sich hin wie eine irre. das kann sie. das kann sie, ohne es gelernt zu haben. gelernt hat sie nämlich auch nichts.
der heinzvati brummt zwar, wie ein alter vati im kino immer brummt und im fernsehn, aber wie im kino und im fernsehn meint er es nicht recht ernst damit.
brigitte schont ihren bauch, mit ihrem bauch wird auch brigitte selbst mitgeschont. das tut wohl.
susi wünscht auch glück. susi wünscht lieb glück.
heinz und brigitte danken. brigitte sagt wir heiraten demnächst. bevor man noch etwas sieht.
ich muß mich jetzt sehr schonen und in stille auf das kindchen vorbereiten. brigitte horcht in sich hinein, wo sie kein echo hört.
susi sagt, sie will niemals kinder haben, das heißt später sicher einmal, wenn sie reifer geworden ist und den hunger in der

welt gestillt hat, jetzt will sie noch mit kindern warten, weil sie sich noch zuerst die welt und den hunger darin anschauen will, jetzt ist sie noch zu jung dazu. wenn sie sich die welt angeschaut haben wird, will sie vielleicht noch ein jahr als entwicklungshelferin in einen der finstersten teile dieser welt gehen. und dann will sie auch vielleicht einmal heiraten, wenn der richtige kommt, und wenn der richtige kommt, will sie auch kinder bekommen.
susi wartet auf die große liebe, an die sie noch (kleines lächeln) glaubt.
was susi nicht sagt, woran sie aber denkt, ist ein jungakademiker, der, wenn er jetzt sofort am horizont auftauchen würde, susis herz und hand sowie ihre kleine susimuschi offen und weit wie ein scheunentor finden würde.
vorläufig ist susi noch nicht bereit, verschlossen, mädchenhaft, blumig und zugemauert. sie wartet noch wie eine geschlossene mohn-, korn- oder sonnenblume auf einen, der sie öffnen soll.
mit einem rosenstrauß voller rosen.
susi sagt noch, eine frau allein zu sein das genügt nicht, man muß die weiblichen eigenschaften der frau dafür verwenden, wofür sie gemacht sind: zu hegen und zu pflegen und im weitesten sinne zu helfen.
gratis und taxfrei gibt susi ratschläge für brigittes neues leben. heinz macht dazu die üblichen launigen anspielungen auf seinen neuen, eingefangenen, gefesselten status, aber eher lustig und derb komisch, wie es seine art ist. susi kneift entsetzt die augen zusammen, weil heinz ordinär ist. heinz fühlt sich mehr denn je als mann, der er auch ist.
brigitte führt heinz launig weg von susi, der latenten gefahr, die endlich entschärft ist. sie weist launig darauf hin, daß heinz jetzt bald ein ehemann und familienvater sein wird. keine fremden mädis mehr. beide gehen launig ihrer hochzeit entgegen. susi denkt launig, der hat wirklich geglaubt, der bekommt mich, wo mich doch nur ein sehr viel besserer bekommen kann.
brigitte denkt launig, jetzt hab ICH das allerbeste bekommen und nicht diese susi.
die familie macht launig ihre anspielungen auf dicken bauch

und klotz am bein. alle haben heut gute laune. und am abend ist die launige peter alexander show.
brigitte fühlt sich wie in einem warmen bad.

die HOCHZEIT

heut ist endlich der ersehnte tag gekommen. strahlendblaues wetter begrüßt den langersehnten tag. heute ist endlich der ersehnte tag gekommen. strahlendblaues wetter begrüßt den langersehnten tag.
brigitte hat ein bodenlanges weißes kleid an, das die schneiderin eigens für sie genäht hat.
paula hat ein bodenlanges weißes kleid an, das die schneiderin, ihre frühere lehrherrin, eigens für sie genäht hat.
brigitte hat ein bukett aus weißen rosen im arm.
paula hat ein bukett aus weißen rosen im arm.
heinz hat einen schwarzen anzug mit einem smokingmascherl an.
erich hat einen neuen schwarzen anzug mit einer schönen krawatte an.
heinz macht ständig blöde witze über seine verlorene freiheit.
über erich werden viele witze gerissen über dessen verlorene freiheit.
heinz spricht über sein zukünftiges geschäft, brigitte unterstützt ihn dabei, sie legt besitzergreifend ihre hand auf die seine.
erich denkt an seine motore, paula denkt, daß sie noch einmal davongekommen ist.
brigitte ist dankbar. paula ist dankbar.
brigitte denkt, daß sie schon manchmal aufmucken wird, im großen und ganzen hat heinz aber recht, und sie wird tun, was er sagt.
paula denkt, daß sie von jetzt an nur mehr machen wird, was erich ihr sagt.
brigitte hat endlich eine wirkliche ergänzung zu ihrem leben gefunden: einen partner in freude und leide.

paula hat endlich eine wirkliche ergänzung zu ihrem leben gefunden: einen partner in freude und leide.
bei heinz und brigitte sind viele verwandte gekommen.
bei erich und paula sind viele verwandte gekommen.
die hochzeit von heinz und brigitte ist sehr ergreifend und feierlich.
die hochzeit von erich und paula ist sehr ergreifend und feierlich.
brigitte ist sehr glücklich.
paula ist sehr glücklich.
brigitte hat es geschafft.
paula hat es geschafft.
brigitte ist schwanger und wird bald ihr kind in den armen halten können.
paula hat schon ein baby. sie hält es schon seit einer weile in den armen. heute muß das baby aber zu haus bleiben.
heinz ist jetzt der herr im hause, wie er launig sagt.
erich ist jetzt der herr im hause, wie er nicht formulieren kann, wie ihm aber die andren einsagen.
heinz trinkt ein paar glaserl wein und wird lustig und sagt, daß er jetzt der herr im haus ist, und daß seine alten eltern so gut wie krepieren können, was er aber feiner ausdrückt. die alten eltern sind die ersten unglücklichen in dieser frohen runde.
erich besäuft sich auch heute wieder bis zur besinnungslosigkeit und kann überhaupt nichts mehr sagen. paula ist trotzdem noch immer glücklich in dieser frohen runde.
die eltern von heinz bezahlen murrend und sticheInd die hochzeitsfeier, die mutter von brigitte gibt etwas drauf, was aber zuwenig ist, die eltern von heinz sticheln über brigittes herkunft.
die eltern von paula zahlen glücklich die hochzeitsfeier. jetzt darf keiner mehr auf sie heruntersehen.
später wird noch getanzt.
später wird noch getanzt.
das gilt für beide fälle.
das, was gefeiert wird, ist, daß endlich eine frau und ein mann ins haus kommen.
brigitte und heinz werden im kleinen schrebergartenhaus der

heinzeltern wohnen, solange, bis sie die heinzeltern hinausbeißen und bauen können, haus und geschäft vergrößern sowie einrichten.
paula und erich werden bei paulas eltern ein kleines zimmer bekommen, solange, bis sie sich eine kleine wohnung leisten können oder sogar bauen können!
für brigitte und heinz heißt es jetzt sparen und nochmals sparen, die gründung eines hausstandes kostet geld!
für erich heißt es jetzt sparen und nochmals sparen. denn die gründung eines hausstandes kostet geld!
beide frauen müssen das geld ihrer männer sparen.
heinz und brigitte werden damit erfolg haben.
erich und paula werden damit keinen erfolg haben.
ein elektroinstallateur verdient ganz gut.
ein holzarbeiter verdient schlecht.
erich trinkt.
heinz trinkt nur selten und in maßen.
erich vertrinkt fast alles.
heinz vertrinkt nichts, weil er einen ehrgeiz und einen verstand hat.
mit brigitte und heinz klappt es so gut, daß sie bald ihre eltern und schwiegereltern aus dem haus getrieben haben werden.
mit brigitte und heinz geht es so gut, daß sie auch noch einen buben bekommen werden: harald.
mit paula und erich geht es schlecht. sie werden ein jahr später noch einen buben dazubekommen: karl.
vorläufig aber wollen wir noch unbeschwert auf der hochzeit von brigitte und heinz tanzen.
vorläufig aber wollen wir noch unbeschwert auf der hochzeit von erich und paula tanzen.
und den schönen tag genießen.
und den schönen tag genießen.
paula hat ihr schicksal an erich gehängt, was ihr noch wie ein mühlstein um den hals hängen wird.
brigitte hat ihr schicksal an heinz gehängt, was auch richtig war und ihr ein eigenes geschäft sowie ein schönes auto einbringen wird.
zufällig hat paula pech gehabt und wird einen schlimmen untergang erleiden.

zufällig hat brigitte glück gehabt und wird einen kometenhaften aufstieg erleben.
dafür hat brigitte viel investiert, ihre ganzen körper- und geisteskräfte.
dafür hat paula viel investiert, ihre ganzen körper- und geisteskräfte.
brigitte sind glück und erfolg günstig.
paula sind glück und erfolg nicht günstig.
brigittes glück hängt vom zufall ab, der sich ihr zuwendet.
paulas glück hängt vom zufall ab, der sich von ihr abwendet.
heinz hat einen beruf mit zukunft.
erich hat einen beruf ohne zukunft, aber mit sicherer gegenwart.
heinz weiß, worauf es im wirtschaftsleben ankommt.
erich hat keine ahnung, worauf es im wirtschaftsleben ankommt. erich weiß, worauf es im grand-prix sport ankommt: auf ein schnelles auto.
heinz weiß, daß er bescheid weiß. heinz weiß, daß seine frau nicht bescheid weiß. heinz hat macht über seine unwissende frau.
erich weiß nicht bescheid. erich hat trotzdem unbeschränkte macht über seine frau, was er ausnützen wird.
die träume von brigitte und heinz sehen genauso wie die träume von paula aus.
erich hat keine träume außer den träumen von seinen motoren. erich hat aber den alkohol.
die träume von brigitte und heinz werden erfüllt werden.
die träume von paula werden nicht erfüllt werden.
auch erich wird den führerschein nicht bekommen, was ihn hart treffen, was ihm aber vielleicht sein leben verlängern wird.
so wird jeder von den vier heute so glücklichen menschen sein päckchen zu tragen haben.
besitz bringt schließlich verantwortung.
nichtbesitz bringt gar nichts.
dadurch wird allerdings paulas last nicht kleiner.
heute haben zwei nichtbesitzer und zwei zukunftsschwangere besitzer geheiratet.

muß i denn muß i denn zum häusele hinaus ... (ein elternpaar wird flügge)

die jahre kamen und gingen und aus kindern wurden leute.
heinz nahm die entwicklung, die er sich gewünscht hatte, er entwickelte sich zu einem erstklassigen geschäftsmann, der seinen mann dorthin stellte, wo er gerade gebraucht wurde und wo er auch seinen mann anschließend stand. seine frau verkaufte im laden elektroartikel. dafür hatten sie aber auch tüchtig gespart, gearbeitet und kredite aufgenommen. dafür arbeiteten, sparten und nahmen sie weiterhin kredite auf. sie arbeiteten und sparten tüchtig.
es war alles genauso geschehen wie es sich brigitte gewünscht und vorgestellt hatte. sie hatten ein süßes kind und ein zweites war bereits unterwegs. was fehlte ihnen also mehr zur zufriedenheit? nichts fehlte ihnen mehr zur zufriedenheit, doch nein, halt, etwas fehlte ihnen zur zufriedenheit: daß noch etwas mehr platz wäre in ihrem blitzblanken neuen häuschen.
und etwas hätten sie sich noch so sehr gewünscht: daß alles immer mehr wird und sich ständig vergrößert. und so wächst alles weiter und vergrößert sich ständig.
und eines tages kam er auch, der heißersehnte tag: im garten wurde das laub schon bunt und herbstlich, die astern und dahlien blühten schon, die sonne vergoldete die äpfel und birnen in den zweigen, die bald reif sein würden, die vögel zogen schon gen süden, wo sie eine zeitlang bleiben würden, da standen die alten eltern von heinz auch zum auszug bereit mit ihren kisten, schachteln und koffern, da standen sie nun vor der tür ihres vergrößerten häuschens, in dem sie soviele jahre seite an seite an seite glücklich gewesen waren, in dem sie den kleinen heinzi zu einem tüchtigen erwachsenen menschen herangezogen hatten, in dem sie ihn zu einem selbständigen menschen gemacht hatten, der er auch geworden war, ein selbständiger unternehmer, in dem sie weiters gesät und geerntet hatten, immer mehr gesät als geerntet, und außerdem hatten sie dort auch noch die jahreszeiten kommen und gehen sehen, briefe bekommen und weihnachtskarten geschrieben und manche blaue stunde vor dem fernseher und bier verbracht.

da standen diese sturmgezausten alten leute, um in eine kleine aber unmenschliche garçonniere umzuziehen, um den jungen leuten platz zu machen, denen jetzt die welt und in ihr natürlich auch das ausgebaute und erweiterte einfamilienhaus gehört. auf in die einzimmerwohnung, dem vorzimmer zum altersheim. war das ein abschied, ein hin und her und ein winken! rasch rasch, wir müssen fahren.
noch einmal das enkerl auf den arm genommen, noch einmal den buben geherzt und gedrückt, noch einmal die schwiegertochter mit giftigen giftblicken abtaxiert und zu leicht befunden, noch einmal das ehemalige eigene reich mit abschiednehmenden eigenen blicken umfangen, den garten und den alpengarten (das alpinium), die föhrengruppe und das rosenbeet. was würden die gartenarbeitungewohnten jungen wohl daraus machen, würden sie es verkommen lassen oder würden sie es pflegen, wie es sich gehörte und wie der fernfahrervater es trotz seiner schmerzen nie verabsäumt hatte?? hat er nicht tränen in den augen der papsch und speichel im mundwinkel, die er sich heimlich und unbeobachtet fortwischt? hat nicht auch die mamsch ein schweres herz?
nein, die jungen sollen nichts davon merken, die sollen sich ihr leben unbehindert aufbauen wie sie wollen, wir alten wollen ihnen dabei nicht im wege stehen!
nur die brigitte hat unsren heinzi vollkommen verdorben. ohne die gitti wären wir heute noch hier und würden pflanzen, ackern, säen und mähen. aber mit der gitti, da reißt man uns von der seite unsres enkerls, der freude und dem stolz unsres alters.
aber wir werden dich ganz oft besuchen, haraldi! freust dich, wenn die oma und der opa kommen? und harald sagt strahlend ja und bringst mir dann auch immer was mit? gerührt verspricht es die oma, die sich noch gar nicht mit dem leben in der stinkenden stadt abfinden kann, keine bäume mehr, kein gras, keine blumen, kein sparkonto mehr, nur starre kalte einsame trostlose betonwüste. kilometerweit.
und kein mensch, mit dem man ein bißchen ansprache hat.
kein mensch, der menschlich und freundlich ist in diesem betonsilo. daß uns das auf unsre alten tage noch passieren muß.

aber die jungen haben ja recht.
aber der harald ist ein prachtbub. er soll einmal das väterliche geschäft erben und übernehmen. was der vater schon aufgebaut hat, kann der bub dann weiter vergrößern. eine basis ist schon da.
nicht das väterliche erbe verschleudern, wenn es einmal so weit ist, nicht verschleudern, harald, weh dir.
deine mutti ist zwar eine schlampe, die uns unsren heinzi verdorben hat, aber dein vati, der sorgt schon dafür, daß du einmal ein tüchtiger mann wirst, weil er selbst ein tüchtiger mann ist. und der opa kann dir auch beibringen, was ein mann wissen muß, wie man auf bäume klettert und sich eine schleuder macht zum auf die vögel schießen, wie man mit der eisenbahn spielt und nicht heult wie ein mädi, wenn man sich das knie aufgehaut hat. der opa kommt recht oft auf besuch und kümmert sich noch ein bißchen um den garten, weil die jungen doch wenig zeit dafür haben, und die oma kommt oft mit, und wenn der opa auf besuch ist, zeigt er dir, wie du ein richtiger großer mann wirst, harald!
weil der opa auch ein mann ist, weißt du.
und der ungeduldige heinz, der auf montage fort muß und bald einen gesellen einstellen wird, glaubt, daß der alte arsch jetzt endlich aus dem hause ziehen soll, weil er sonst noch nachhilft, gleich reißt ihm die geduld. der alte knacker soll seinetwegen kommen, sooft er will, aber jetzt soll er endlich abziehn. besucht uns nur, sooft ihr lust habt, besonders freuen sich der harald, meine gattin, sowie ich, euer sohn heinz. und unhörbar: schleichts euch endlich.
das ist ein recht trauriger auszug.
brigitte, die hausherrin, die gerade mit dem haushalten beschäftigt ist, kommt verabschieden. sie ist ein sauberes, ein wenig fülliges frauchen geworden. die ehe schlägt ihr gut an, das sieht man. sie strahlt mit ihren küchenkästen um die wette. der haß hat sie innerlich schon ganz aufgegessen. aber die freude am besitz ist ihr geblieben. daran klammert sie sich mit eiserner faust.
die frau und mutter brigitte, die inzwischen schon millionen von scheißetonnen geputzt hat, verabschiedet sich haßerfüllt von den schwiegereltern. endlich allein. endlich ist das auto

abgefahren. endlich ist die familie unter sich und kann ein familienleben führen wie es sich für eine familie gehört.
gleich beginnen heinz und brigitte mit dem familienleben, das jeden tag das gleiche ist und arbeit arbeit arbeit heißt.
aber arbeit macht schließlich das leben süß und das leben aus.
das haben die alten eltern den jungen als vermächtnis und erbe hinterlassen, das, sowie ihre ersparnisse, welche in dem hause und geschäfte drinnenstecken.
noch einmal umfängt brigitte ihr kleines reich, das sich bald noch mehr vergrößern wird – das letzte wort darüber ist noch nicht gefallen und wird von heinz fallen –, mit augen und den übrigen sinnen, dann geht sie aufseufzend ins haus, klein harald mit fußtritten vor sich hertreibend.
vati ist schon weggegangen.
harald kann noch nicht richtig sprechen. manchmal wird er auch sehr geherzt und geküßt, das gefällt ihm schon viel besser.
und schokolade, zuckerl und kekse erst recht.
vati ist bei seiner montagearbeit, mutti verkauft einen abflußsifon aus edelstahl, weil der besser ist als ein gewöhnlicher.
mutti verkauft ferner einen haarfön, zwei kleine elektroöfen, die warme luft herausblasen und einen von den neuen beleuchtbaren toilettenspiegeln. mutti kann zufriedensein mit ihrem tag, weil er ein guter war.
immer öfter kommen jetzt gute tage.
und so ist die innere zufriedenheit endlich doch bei dieser frau eingekehrt.
susi, die nichternstzunehmende schwätzerin, soll jetzt mit einem studenten befreundet sein. auch susi wird das los der frau auf sich nehmen wie es brigitte auf sich genommen hat.
brigitte, die clevere, hat das los der frau schon vor susi erkannt.
brigittes los war ein haupttreffer, sie kann sich nicht beklagen, brigitte hat das mit der kraft ihres unterleibs allein zusammengebracht. manch starker mann braucht viel mehr kraft dazu.
aber wozu haben wir frauen schließlich unsren charme?
deshalb der titel: muß i denn muß i denn …

und was hat paula? auch ein reich

zu dieser zeit überblickte auch paula ihr kleines reich.
paulas kleines reich besteht aus einem kleinen zimmer, das in dem kleinen haus ihrer eltern steht. dort herrscht paula vor.
sie herrscht über ihr älteres und ihr jüngeres kind vor. über paula herrscht ihr mann erich vor.
zank und streit können oft ein ganzes familienleben vergiften mit ihrem gifthauch.
oft wird das familienleben von erich und paula vom gifthauch des zanks und des streits vergiftet. trotz der vergiftungsgefahr zanken und streiten erich und paula weiter.
dennoch ist erich schließlich mein mann, denkt sich paula. sie bemüht sich sehr um eine gute atmosphäre, damit die kinder in ruhe aufwachsen können und sie selbst in ruhe zur frau heranwachsen kann.
heute zum beispiel ist paula zu einer tanzveranstaltung im nachbardorf eingeladen. darf ich zu dieser tanzveranstaltung gehen, fragt paula schon drei tage vorher aufgeregt. ja, wenn du die kinder versorgt hast, darfst du gehen, verspricht erich. die kinder werden von der mutta übernommen.
heute ist der tag des festes, an dem sich paula locken eindreht. als erich nach hause kam, fragte er gleich paula, wohin sie denn gehen wolle, worauf diese zur antwort gab, sie gehe zum tanzen ins nachbardorf mit ihrer freundin und deren gatten. das ist das erste mal, daß paula ausgehen kann.
aber erich sagt jetzt plötzlich nein, ich erlaube es nicht.
paula heult. paula heult zum steinerweichen wie ein kind. trotzdem darf sie nicht mitgehen tanzen. paula bockte deswegen noch lange und zog ein schiefes gesicht. dennoch war erich unerbittlich, denn in diesem punkte kannte er keinen spaß.
aber bei dem lustigen lachen ihrer kinder konnte paula nicht lange unlustig bleiben.
paula hat nun das feste gefüge, das sie sich gewünscht hat. sie ist ein teil des gefüges und nicht der ungefügteste teil. paula ist fügsam. es sind lauter zahnräder, die sich um sie drehen, und in die sie sich einfügt.
erich hat endlich macht über einen menschen bekommen,

wenn es auch eine so unwesentliche figur ist wie paula. es gibt jetzt jemanden, der tut, was erich sagt. erich hat das recht, etwas zu verbieten oder zu gestatten. das ist ein neues gefühl, welches er auskostet. manchmal auch mit unsinnigen anweisungen.
was sich paula wünscht, ist endlich ein eigenes kleines heim.
was sich paula wünscht, ist endlich ein eigenes kleines heim zum schalten und walten wie es brigitte hat.
zank und streit werden dort nicht hineindürfen.
an der schwelle wird ihnen paula den weg versperren und sagen: draußenbleiben haß zank und streit, hier ist mein heim!
da das heim von paula nicht ihr eigenes ist und außerdem noch platzlich sehr beschränkt, kann die ruhe hier nicht einkehren, sondern muß vor der türschwelle kehrtmachen.
wo längst erwiesen ist, daß streit jedes gemeinwesen zerstören kann. erich trinkt, was paula auch abstellen wird, kaum, daß sie die schwelle des neuen heims, das man sich aber nicht leisten kann, weil erich trinkt, überschritten haben wird. mit dem zank und streit gemeinsam wird auch der alkohol draußen bleiben.
die schwere körperliche arbeit wird allerdings hemmungslos über die schwelle hineintreten und dableiben.
in diesem einen kleinen raum schlafen und wohnen mann und frau.
die kinder schlafen bei der oma, bei der ihr eigener mann schon lange nicht mehr schläft, sondern in der mansarde.
wenn paula, mit kindern behängt, einkaufen geht, beneidet sie manchmal flüchtig die früher verachteten verkäuferinnen um ihre reinheit und sauberkeit. mit mühe hält auch paula ihre frühere reinheit und sauberkeit, das einzige, was ihr geblieben ist, was immer ihr größter reiz war, aufrecht. es macht ihr nun viel mehr mühe als früher. sie muß auch noch einen mann sauberhalten, der sich oft und oft bekotzt und manchmal sogar anpißt.
das muß eine alkoholikerfrau können, das sind die grundvoraussetzungen. lachend hört man im Dorf, der erich hat sein vierterl lieber als jede frau ha ha.
in wirklichkeit hat erich sein vierterl wein lieber als seine frau paula, wenn er auch die kinder vielleicht mehr liebt als sein

vierterl. er kauft ihnen auch oft ein eis. sie können so schön bitte bitte machen.
erich liebt seine motore immer noch.
eines tages macht paula den führerschein. sie besteht gleich beim ersten mal. das macht erich freude, weil es ihm ein auto ins haus bringt, und richtig, statt der erhofften wohnung bringt es einen gebrauchten simca ins haus.
der simca bringt in paulas leben einen neuen aufschwung und höhepunkt. sie kann jetzt mit einem auto herumfahren, was sie aber nicht darf, nur, wenn erich mitfährt.
sie ist eine der wenigen frauen im ort, die den führerschein hat. paula darf mit dem auto nur fahren, wenn erich dabei mitfährt und laute motorengeräusche mit dem munde von sich gibt.
eines tages kam paula sogar nach italien auf urlaub mit erich und dem neuen wagen, einen großen teil des langen weges gab erich die brummgeräusche von sich.
die kinder blieben bei den eltern.
das war ein schöner höhepunkt. es war der höhepunkt in paulas bisherigem leben.
nach dem höhepunkt kam das ehepaar wieder zurück. hier waren sie keine fremden wie in italien, hier waren sie daheim.
paula fing gleich wieder damit an, auf eine neue wohnung zu hoffen. doch vergebens.
bald versank paula wieder in ihren alltagstrott.
bald versank erich wieder im wald, im wein und im bier.
aber die kinder sind herzig und brav und parieren vorzüglich.
dafür sorgen die schwiegermutta, die mutta, die mutti und der vati. sie gehorchen aufs wort und manchmal schon vorher.
es ist eine rechte freude für paula, so wohlgeratene und gesunde kinder zu haben. wie kann man da noch egoistische wünsche haben, wenn man so gescheite liebe kinder hat, sagen die dorfbewohner.
als sich das mäderl eines tages den arm bricht, kann paula es sogar mit dem eigenen auto in die kreisstadt ins spital führen.
erich sieht das ein, daß paula das auto dieses mal ohne seine erlaubnis genommen hat. das ist keineswegs der beginn eines lernprozesses für erich.

langsam hat die arbeit im wald einen großen teil der früheren schönheit von erich vernichtet und ausgelöscht, so wie sie schon beinahe die haut an seinen händen vernichtet hat. die weibl. sommergäste drehen sich kaum mehr nach ihm um. man kann erich schon kaum mehr von den andren holzarbeitern unterscheiden. er ist auch merklich stumpfer geworden.
auch paula ist zu einem etwas dumpferen menschen geworden als sie war, obwohl ihr die hausarbeit sogar spaß macht.
was paula nicht hat, ist ein wenig freude und noch weniger zärtlichkeit. trotzdem ist paula noch immer froh, daß sie einen festumrissenen platz im leben hat und daß sie kinder hat. sie möchte, daß das so bleibt.
an die schneiderei denkt paula nicht mehr. und die schneiderei denkt nicht mehr an paula. ein andres lehrmädchen aus dem größeren nachbarort hat ihre stelle eingenommen, und nach diesem ein andres.
die augen des dorfes ruhen auf paula wie sie auch auf allen andren ruhen, deren leben geordnet und abgegrenzt ist. die augen des dorfes passen auf, daß keine dieser grenzen überschritten wird.
da paula sich gemäß den vorschriften der dörflichen augenbesitzer verhält, wird sie zwar als notwendiges übel registriert, bleibt aber unbehelligt und unerwähnt, wird nicht herausgehoben aus der zahl der übrigen weiblichen bewohner.
man hat paulas anstrengungen um erich ohne wohlwollen zur kenntnis genommen, man beobachtet ihre anstrengungen im kampf gegen alkohol und körperlichen verfall mit schwacher belustigung, wie man die witze im sonntagsblatt betrachtet, sofern man sie kapiert. man bemerkt ihre besondere sauberkeit und gepflegtheit schon gar nicht mehr, weil man sie gewohnt ist, und man akzeptiert, daß sie kinder hat wie die andren auch.
alles ist in ordnung.
paula ist eigentlich ganz glücklich, aber sie möchte noch immer etwas eigenes haben, wo sie ihren beruf: hausfrau und mutter, verwirklichen kann. dafür ist kein geld da.
paula soll nicht über ihren eigensinnigen kleinen kopf hinauswollen, tadelt der fortsetzungsroman.
wenn paula im sinne des fortsetzungsromans vernünftig ge-

blieben wäre, wäre sie nicht auf die bahn gekommen, die ihr untergang sein sollte.
der ort, wo paula hinkommen sollte, war die schiefe bahn.
der ort, wo erich immer geblieben ist und heute noch ist, ist der gerade weg. der wald und die wirtschaft.
das dorf und der fortsetzungsroman sagen, daß die frau den herd zu hause behüten muß, ihn bewahren und keinen schmutz hineinschmeißen darf.
paula hat eine kurze zeit lang nicht behütet und bewahrt, paula hat schmutz auf den herd zuhause geschmissen.
das kostet paula den kopf.

und noch eine verlobung

der meisterbrief hängt eingerahmt an der wand des elektroladens von brigitte und heinz.
auch im elternhaus von susi wird heute verlobung gefeiert. er ist ein junger mittelschulprofessor. es ist ein eifrig diskutierender kreis um das junge paar herum, der auch manchmal ganz ernst wird.
keine hirnlose heiterkeit.
die hirnlose brigitte steht nach meinung susis unter einer dreifachbelastung als frau, mutter und geschäftsfrau.
die kluge susi steht nur unter einer zweifachbelastung: frau und mutter (bald). ihr begonnenes germanistikstudium hat sie aufgegeben, sie erwartet in kürze ein baby.
beide frauen blühen unter ihren neuen aufgaben auf.
beide frauen blühen unter ihren neuen aufgaben auf.
heinz blüht unter brigittes küche richtig auf. er ist schon so fett wie ein schwein, das ist auch grundsätzlich eine körperliche veranlagung von ihm. heinz neigt zur korpulenz. oft sind brigittes kochkünste ein gegenstand von scherzen.
niemals sind heinzens künste als geschäftsmann gegenstand von irgendwelchen scherzen. sie sind ernst und existenziell.
auch gitti hat schon einen herzigen frauchenspeck, ein kleines baucherl. brigittes speck dient dazu zu sagen: eine glückliche haus-, geschäfts- und mutterfrau.

sie hat etwas ausgeglichenes, das sie auch um sich herum ausstreut. susi dagegen will mit gymnastik schlankbleiben, um ihrem mann eine gute geliebte zu sein und zu bleiben. auch geistig möchte sie sich fit halten. sie hat vor, auch weiterhin viele gute bücher zu lesen und vielleicht auch ihre sprachkenntnisse zu vervollkommnen. auch dieses junge paar will bauen.
susi will auch eine geistige partnerin sein. es ist auch gut für die kinder, wenn die mutter geistig auf zack ist.
die eltern von heinz sehen gar nicht gut aus. der garten und die frische luft darin fehlt ihnen. auch die enkerl fehlen ihnen. mit diesen problemen stoßen sie bei ihren kindern und schwiegerkindern (je eines) auf unverständnis und intoleranz.
sie würden gern öfters zu besuch kommen, was sie weder sollen noch dürfen. das konto vom fernfahrervater ist leer, und das ist gut so. es ist alles für die kinder gewesen, für die man schließlich lebt. eine schöne reise ist da nicht mehr drin.
gitti lebt für die kinder und das geschäft. das geschäft lebt für heinz. er wird doch nicht eine freundin haben?
aber nein. das gute essen bei der mama, wie brigitte jetzt heißt, lockt halt allemal noch mehr als das abenteuer in einer unbekannten und ungewissen ferne.
gelt, das gute essen bei der mama lockt noch mehr als das abenteuer, fragt spaßeshalber eine kusine von heinz ihren kusin heinz mit einem seitenblick auf brigitte.
heinz antwortet spaßeshalber, daß ihn das abenteuer schon lockt, doch jeder hier weiß, das ist eine lüge. und so sind alle zufrieden.
auch susi kocht seit ihrer jugend gern und gut, doch nur die feine höhere küche, die auch diät und spezialitäten aus dem ausland beinhaltet, und bei der man nicht dick wird, was unmodern ist.
susi ist eine mehr moderne frau, brigitte eine etwas altmodische, aber liebenswerte.
aber gerade so hat heinz brigitte gern. er möchte sie gar nicht anders haben.
mit einer modernen frau könnte er gar nichts anfangen.
so sind sie alle zufriedene glückliche leute geworden, die ihren platz im leben einnehmen und noch mehr platz einnehmen.

heinz kann, wenn er so weiterfrißt, bald zwei plätze im leben einnehmen.
aber das ist nur ein gutgemeinter scherz.
die zwei plätze und mehr, die heinz in seinem kopfe schon einnimmt, die kann er im leben auch persönlich bald einnehmen.
heute gibt es schweinsbraten mit knödel.
susi sagt scherzhaft, aber gut gemeint, daß sie mit dem platz, den sie jetzt im leben einnimmt, zufrieden ist, daß sie mit gar keiner tauschen möchte, die vielleicht ein großartiges studium absolviert und dabei im leben scheitert.
susi ist modern und altmodisch in einem, eine mischung, die ihr frischgebackener verlobter besonders liebt.
überhaupt: das beste ist immer ein vernünftiger mittelweg, meint susi viel ernsthafter, als es zu ihrem hübschen köpfchen passen würde.
und ihr zukünftiger gatte stimmt ihr lachend bei.

wie paula sich hinreißen läßt

wir wissen nicht, was damals in paulas kopf vorgegangen ist, als sie auf die schiefe bahn kam.
war es der wunsch nach geld, der wunsch nach einem bescheidenen wohlstand, der sie dorthin gebracht hat, wo sie ihren abstieg erlebt hat? oder war es ein ungezügelter sexueller wunsch, den ihr ihr mann erich hätte erfüllen müssen? und zwar erich vor allen andren!
ist es also die sexualität in paula gewesen oder ist es ihr wunsch nach geborgenheit gewesen oder ist es ihr wunsch nach durch geld käuflicher geborgenheit gewesen, nach der eigenen wohnung?
das dorf möchte es gerne wissen, ist aber auf vermutungen angewiesen. es ist eine tatsache, daß paula eine ungeheure schweinerei gemacht hat. diese schweinerei brachte das ende aller geborgenheit mit sich, womit erwiesen war, daß geborgenheit durch geld nicht käuflich sein kann. nur durch geduld und ausdauer kann man sich die geborgenheit verdienen. ob-

wohl paula seit vielen jahren geduldig und ausdauernd liebt, hat sie noch keine geborgenheit bekommen.
alle abwegigen methoden, zu einem mann zu kommen und ihn dann festzuhalten, werden hier gern gesehen.
paulas methode, ihren mann zu halten und ihm ein gemütliches zuhause zu verschaffen, das er und ihre kinder verdienen würden, das erich aber nicht verdienen kann, ist hier abgelehnt und verurteilt worden. die methode paulas war eine sauerei, und paula hat dafür auch den verdienten lohn bekommen.
ich habe es doch nur für die kinder und für den erich gemacht, mag paula gesagt haben, es hat ihr aber keiner zugehört.
die tatsachen sprechen eine eigene sprache und für sich.
wenn der stolz in einem mann beleidigt ist, dann ist das nur schwer wieder zu tilgen. eine frau braucht mit dem stolz erst gar nicht anzufangen.
auch paula hat den stolz in ihrem leben gar nicht erst eingeführt. eines tages ist paula mit dem auto heimlich in die kreisstadt gefahren, keiner weiß warum, es war, um ins kino und in die konditorei zu gehen, was es im dorf nicht gibt. paula glaubt, das gehört zum leben dazu, das ist falsch. aus zeitmangel können wir paula hier nicht mehr persönlich zu wort kommen lassen.
als paula beim bahnhof einparkte, beugte sich ein fremder zu ihr ins fenster und fragte sie: was ist, wollen wir nicht ein bißchen küssen gehen?
zuerst hat paula nein gesagt ich bin doch verheiratet und habe zwei goldige kinder.
aber dann willigte paula ein, mit dem mann ein stück wegzufahren, an einen unbeobachteten ort.
wir wissen nicht, was zu diesem zeitpunkt im kopf paulas, aus dem die schneiderei schon vor jahren verbannt worden war, und in dem erich und die kinder schon vor einiger zeit einzug gehalten haben, vorgegangen ist.
in paulas kopf ist etwas falsch vorgegangen.
in paulas möse geht schon seit langer zeit nichts mehr vor sich. wenn man etwas nicht spürt, so ist es deswegen noch lange nicht ungeschehen.
paula hat es für ihre familie gemacht.
vielleicht kann paula auf diese weise ihrer familie einen festen

wohnsitz geben. es ist ein wunder, daß paula es überhaupt so lange ohne diesen ausgehalten hat. wo sie doch schon mit 15 von nichts andrem als diesem wohnsitz geträumt hat, von weißen gardinen und blitzenden haushaltsgeräten. zu einer geborgenheit gehören auch eigene vier wände und ein dach darüber.
vielleicht ist das die chance paulas, ein nest zu bauen. paula will es den schwalben nachmachen: ein nest bauen. so lautet auch ein beliebter operettenschlager.
paula darf nichts schaffen, was ihr nicht zusteht.
das heim schaffen, das muß erich.
und die weiblichen mittel sind untaugliche mittel, um etwas herbeizuschaffen.
ich liebe meinen mann, sagt paula zu diesem manne und zum nächsten und zum übernächsten. und schenkst mir ein bissel geld?
und paula bekommt ein bißchen geld geschenkt.
so leicht möchte ich mir auch einmal mein brot verdienen, mag erich gedacht haben.
paula denkt nicht daran, daß ein geld, das sie plötzlich hat, auffallen muß. sie will nur sparen, aktion eichhörnchen. einiges läßt sie auch in dem kaffeehause. paula will einmal eine wohnung anzahlen.
paula erwirbt mit ihrem körper und ohne ihren geist die mittel zum ankauf einer kleinen wohnung.
es ist eine prostitution, die paula da macht. paula ist eine hure. sie nimmt geld von fremden männern, und im auto, auf dem rücksitz oder im gras steckt ihr dann ein ortsfremder mann das hinein, was ihr nur erich hineinstecken darf. das falsche ding am falschen ort. es ist ein dilettantisches unternehmen.
so etwas müßte man größer aufziehen.
paula hätte nun doch schon wissen müssen, daß sie mit einem gegenstand wie ihrem körper nichts erreichen kann. paula hat nichts dazugelernt seit ihren kurzen mädchentagen.
paulas körper versagt zwar nicht, der tut willig seine pflicht. die umwelt aber versagt paulas körper ihr wohlwollen.
die umwelt wird plötzlich zeuge dieses aktes in einem gehölz.

der chauffeur eines forsteigenen lkws, der nur einmal pissen wollte, ausgerechnet an dieser stelle, wo sonst keiner je hinpißt, außer einem rehlein oder einem häschen, hat paulas halbnackten unterkörper mit einem ehefremden menschen arbeiten sehen können. er sagt, die beiden waren auf eine widerliche art ineinander verflochten und verschränkt.
das erzählt er noch sehr oft.
außerdem kannte er paulas namen und adresse.
er hat gesehen, daß das, was paula hier in der unschuldigen natur getrieben hat, ein verrat an seinem freunde erich war.
paula hat ihren mann verraten. paula hat ihren mann mit einem oder mehreren andren männern betrogen.
es war noch dazu ein ortsfremder. keiner von den hiesigen burschen. ein ortsfremder hat ihnen ins nest geschissen.
pfui teufel. und es ist eine mutter, die zwei kinder geboren hat und jetzt die pille nimmt.
es ist ein verrat an seinem freund erich gewesen!
paula gehört genickgebrochen oder zumindest sterilisiert, damit sie keine kinder mehr gebären kann, denen sie ihre erbanlagen weiterreichen kann. paula ist eher schlechter als eine läufige hündin, welche aus instinkt nicht dagegen ankämpfen kann.
paula wurde zwar das genick gebrochen, doch sterilisiert wurde sie nicht. daher hat sie noch glück im unglück gehabt.
paula wurde außerdem von erich schuldig geschieden.
obwohl es nicht paulas wille gewesen ist, zerbrach ihre ehe auf der stelle nach ihrem mehrmaligen fehltritt.
obwohl es keineswegs paulas wille war, zerbrach ihr glück mit ihrer ehe gleichzeitig.
obwohl paula sehr dagegen ankämpfte, zerbrach sie selber auch gleich mit.
obwohl paula schwache versuche machte, es zu verhindern, brach auch noch ihr ganzes soziales gefüge über all den andren trümmern zusammen.
hätte sie nur vorher überlegt, weil es jetzt zu spät ist!
wenn paula geahnt hätte, was durch ihre zwar bedachte aber falsch gemachte eheverfehlung zerbrechen würde, sie hätte mit dem zerbruch gar nicht erst angefangen.

es ist mit der gewalt einer naßschneelawine geschehen.
mit der natur lebt man hier auf du und du, man kann sich nicht dagegen wehren, weil sie stärker ist.
auch erich leidet sehr darunter, er wird vielleicht nie mehr darüber hinwegkommen, sagt seine mutta.
aber die kinder sollen doch bitte unter der sauerei der mutter nicht allzusehr leiden, bittet die schwiegermutta.
die kinder leiden entsetzlich unter der sauerei der mutter, weil sie die liebe mutti plötzlich kaum mehr zu gesicht bekommen, eigentlich so gut wie nie.
sie fragen warum und verstehen es nicht. es ist gut, daß die würmchen das noch nicht verstehen. wenn sie alt genug sind, werden sie verstehen. begreifen werden sie es wohl nicht.
es wird dann ihre sache sein, ob sie ihre mutta verurteilen werden oder nicht verurteilen werden, sagt ein intelligenterer arbeitskollege von erich, der sich auch mündlich ausdrücken kann.
die kinder leben jetzt bei paulas eltern im ehemaligen zimmer der ehemaligen eheleute.
erich verkauft seiner exfrau das auto. es ist ein trauriger vorgang. wo sie in italien doch ihre zweiten flitterwochen verlebt hatten, wo sie sich doch vielleicht einmal einen sportflitzer hätten kaufen können. jetzt bleibt ihm nur noch das moped.
das moped bringt ihn auch manchmal zu seiner neuen freundin, einer reichen bauerntochter aus der umgebung. aber sein vierterl ist ihm lieber als jede frau, da wird auch diese keimende beziehung sicher bald wieder scheitern.
vielleicht sind die frauen jetzt auch anders als früher.
es gibt auch kaum mehr volkstanzgruppen. das ist vor allem für susi schade.
paula hat mit dem zerbrechen begonnen, jetzt ist sie fertig zerbrochen.
aus dem hoffnungsvollen lehrmädchen der schneiderei im ersten lehrjahr ist eine zerbrochene frau mit ungenügenden schneidereikenntnissen geworden.
das ist zu wenig.

NACHWORT:

kennen Sie dieses SCHÖNE land mit seinen tälern und hügeln?
es wird in der ferne von schönen bergen begrenzt. es hat einen horizont, was nicht viele länder haben.
kennen Sie die wiesen, äcker und felder dieses landes? kennen Sie seine friedlichen häuser und die friedlichen menschen darinnen?
mitten in dieses schöne land hinein haben gute menschen eine fabrik gebaut. geduckt bildet ihr alu-wellblech einen schönen kontrast zu den laub- und nadelwäldern ringsum. die fabrik duckt sich in die landschaft.
obwohl sie keinen grund hat, sich zu ducken.
sie könnte ganz aufrecht stehen. wie gut, daß sie hier steht, wo es so schön ist und nicht anderswo, wo es unschön ist.
die fabrik sieht aus, als ob sie ein teil dieser schönen landschaft wäre.
sie sieht aus, als ob sie hier gewachsen wäre, aber nein! wenn man sie näher anschaut, sieht man es: gute menschen haben sie errichtet.
von nichts wird schließlich nichts.
und gute menschen gehen in ihr ein und aus.
ist dieser gute mensch, der hier ein und aus geht, nicht unsre paula?
halt, guten tag, paula! wirklich, sie ist es. äußerlich hat sie sich kaum verändert, noch immer schlank und sauber. nur ein müder unterton ist in ihrem gesicht, den man aber erst sieht, wenn man genauer hinschaut. und diese falte: war sie gestern schon hier?
nein, es ist eine neue falte. und das wird doch nicht etwa ein graues haar sein? macht nichts, paula, nur den kopf obenbehalten!
paula arbeitet hier als ungelernte näherin am fließband.
paula arbeitet hier als ungelernte näherin am fließband.
paula hat dort geendet, wo brigitte auszog, um das leben kennenzulernen. brigitte hat das leben kennengelernt und ihr glück darin gefunden.
paula hat das leben auch kennenlernen wollen, jetzt lernt sie

die arbeit als angelernte arbeiterin in einer miederfabrik kennen.
das ist auch eine art leben.
am abend ergießen sich die menschen in die landschaft, als ob diese ihnen gehören würde.
paula hat jetzt eine kleine wohnung, die auch der fabrik gehört und daher billig ist.
paula leistet weniger als ein froher mensch, weil sie unfroh ist.
trotzdem ist ihre arbeit ausreichend, die fabrik ist geduldig.
auch in paula ist keine spur von ungeduld mehr vorhanden.
paula ist an diesen ort gekommen, um zu nähen, nicht um froh zu sein. froh hätte sie früher sein können.
jetzt näht sie unfroh mieder, büstenhalter, korsetts und höschen. paula hat geheiratet und ist zugrunde gegangen.
niemals schweift ihr blick hinaus zu einem vogel, einer biene oder einem grashalm. vögel, bienen und grashalme hat paula genug gehabt. aber damals hat sie sie nicht richtig schätzen können.
jeder mann kann die natur besser genießen als paula heute.
paula sitzt an ihrer nähmaschine und erfüllt ihre pflicht. sie hat viel verantwortung, aber keinen überblick und keinen haushalt mehr.
am abend fährt sie in ihre kleine wohnung nach hause und denkt an zu hause. paula ist zu müde für unzufriedenheit.
paula hat keine kinder und keinen mann mehr, trotzdem ist sie zu müde, darüber unzufrieden zu sein.
paula hatte einmal einen mann und zwei kinder.
auch die arbeit macht paula nicht zufrieden.
die arbeit macht paula gleichgültig.
das nähen liegt paula im blut. sie hat dieses blut nur längst schon aus sich herausgelassen, daher gelingt ihr die arbeit nicht so gut wie den andren. das gibt abzüge.
paula näht aus ganzem herzen, denn sie hat keine familie mehr, die einen teil ihres herzens einnehmen könnte.
brigitte hat jetzt eine familie und ein geschäft, die ihr ganzes herz eingenommen haben.
es sind nicht die allerbesten frauen, die aus ganzem herzen nähen.
paula ist nicht die allerbeste frau.

paula hat ihr schicksal schon anderswo erlebt. hier ist es zu ende.
brigitte hat ihr schicksal hier begonnen. brigitte ist entkommen.
paula hat es getroffen. wenn das leben einmal vorbeigeht, versucht paula nicht, es anzusprechen. plaudern mag sie nicht mehr.
da fährt es ja, das leben, paula!
aber unsre paula sucht noch ihre autoschlüssel.
auf wiedersehn, und gute fahrt, paula.

B 103/2

Elfriede Jelinek

Literatur-Nobelpreisträgerin 2004

Die Ausgesperrten
Roman. rororo 15519

Die Kinder der Toten
Roman. rororo 22161

Bambiland
Theatertexte.
Gebunden. 03225

Die Liebhaberinnen
Roman. rororo 12467

Ein Sportstück
Roman. rororo 22593

Gier
Roman. rororo 23133

Lust
Roman. rororo 13042

Macht nichts
Roman. rororo 23161

Michael
Roman. rororo 15880

Wir sind Lockvögel, Baby
Roman. rororo 12341

Die Klavierspielerin
Roman
Der Klavierlehrerin Erika Kohut ist es nicht möglich, aus ihrer Isolation heraus eine sexuelle Identität zu finden. Als einer ihrer Schüler mit ihr ein Liebesverhältnis anstrebt, erfährt sie, daß sie nur noch im Leiden und in der Bestrafung Lust empfindet ...

rororo 15812

Weitere Informationen in der Rowohlt Revue *oder unter* www.rororo.de

B 80/2

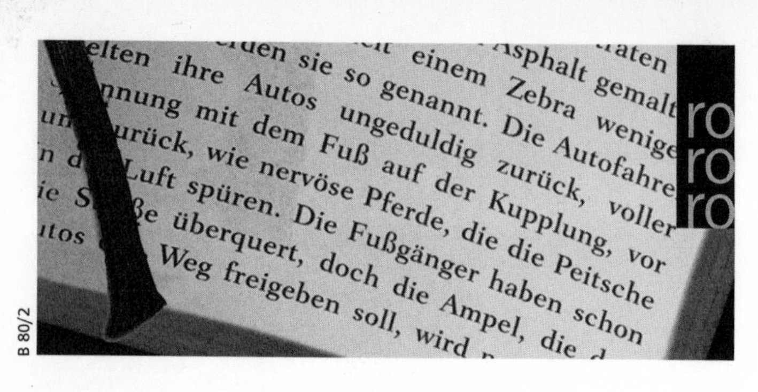

Ausgezeichnet mit dem Literaturnobelpreis

«Der in der Literatur das Vorzüglichste in idealer Richtung geschaffen hat», solle den Preis erhalten, verfügte Alfred Nobel in seinem Testament.

Samuel Beckett
Murphy
Roman. rororo 13525
Literaturnobelpreis 1969

Albert Camus
Der Fremde
rororo 22189
Literaturnobelpreis 1957

William Faulkner
Licht im August
Roman. rororo 11508
Literaturnobelpreis 1949

Ernest Hemingway
Der alte Mann und das Meer
rororo 22601
Literaturnobelpreis 1954

Elfriede Jelinek
Die Klavierspielerin
Roman. rororo 15812
Literaturnobelpreis 2004

Imre Kertész
Roman eines Schicksallosen
rororo 22576
Literaturnobelpreis 2002

Toni Morrison
Menschenkind. *Roman.* rororo 13065
Literaturnobelpreis 1993

Harold Pinter
Die Geburtstagsfeier.
Der Hausmeister. Die Heimkehr.
Betrogen. Celebration
Theaterstücke. rororo 24003
Literaturnobelpreis 2005

José Saramago
Die Stadt der Blinden
Roman. rororo 22467
Literaturnobelpreis 1998

Jean-Paul Sartre
Der Ekel. *Roman.* rororo 10581
Literaturnobelpreis 1964 (lehnte ab)

Claude Simon
Georgica. *Roman*
Gebunden. Rowohlt Verlag
Literaturnobelpreis 1985

Isaac Bashevis Singer
Jakob der Knecht
Roman. rororo 23680
Literaturnobelpreis 1978

Weitere Titel der Autoren in der Rowohlt Revue *und unter* www.rororo.de